CW01085726

O BARC NEST

O BARC NEST

T. JAMES JONES

© T. James Jones 1997

Argraffiad Cyntaf: 1997

ISBN 1 900437 20 1

Y mae Cyhoeddiadau Barddas yn gweithio
gyda chefnogaeth ariannol Cyngor Celfyddydau Cymru,
a chyhoeddwyd y gyfrol hon gyda chymorth y Cyngor.

Cyhoeddwyd gan Gyhoeddiadau Barddas
Argraffwyd gan Wasg Gwynedd, Caernarfon

I MANON

Gwanaf fy haf wyt i fi; rhoi ystod
'wnei'n rhastal fy medi.
Deled gaeaf, haf yw hi,
neu wanwyn fy aileni.

Cynnwys

Cydnabod

Diolchaf i'r darllenwyr a gymeradwyodd y dylai'r cyhoeddiad gael cymorth ariannol Cyngor Celfyddydau Cymru.

Diolch hefyd i Wasg Gwynedd am ei gofal arferol ac i Alan Llwyd am ei olygyddiaeth ddoeth a thrwyadl ar ran Barddas.

Y mae'n destun llawenydd i mi gael y fraint o ddefnyddio un o luniau John Elwyn ar y clawr, gan iddo gael ei eni a'i fagu o fewn ergyd carreg i gastell Castellnewydd Emlyn ac nid nepell o Barc Nest. Am flynyddoedd lawer bu cyfeillgarwch clòs rhyngddo a Dat a Mam ac eraill o'm teulu.

Gwerthfawrogaf farn ac arweiniad fy mrodyr, John Gwilym ac Aled.

Ond, yn bennaf, dymunaf gydnabod fy nyled i Manon am ganiatáu i mi gyhoeddi'r cwlwm o chwe cherdd (gan gynnwys yr englyn cyflwyniad) a geir ar ddechrau'r gyfrol. Dylwn nodi hefyd y byddai gwaeth graen ar weddill y casgliad heb gyfeillach ei hawen.

T. JAMES JONES

Amsterdam

(Awst, 1995)

Pâr tawedog
yn y cyhùdd ar lan canal,
wedi bod yn nhŷ Rembrandt.

Daeth chwa o chwerthin.
Aderyn wedi disgyn
i hawlio briwsionyn,
nid o'r llawr o dan draed
ond o lestri'r ford!

'Adar dof sy'n Amsterdam'
oedd blaen ei baladr.
'Dof' oedd y gair
a fynnai'r gynghanedd.

Chwilio am ansoddair . . .
                eger
        ewn
                        beiddgar
haerllug . . .

Ond dihangodd y deryn yn
                                        ddiansoddair
i glwydo yng ngwyll coeden
oedd eto'n olau gan belydrau'r diwedydd.

Tra llyfnai
dau gwch
heibio i'w gilydd
mor ddidaro
ar lafn o ganal,
chwiliai yntau am linell,
â'r gynghanedd yn cynnig
'anhydrin ei ddiniweidrwydd'
'yn draean o'r hen driongl' . . .

Plufiai hithau bob ansoddair
o'i cherdd gyfrin,
gan ddyheu am gynghanedd . . .

Byddai'n rhaid wrth athrylith Rembrandt
i ddarlunio, rhwng cysgodion a gwawl,
y deigryn yn ei thawedogrwydd.

Bwrw'r Sul

(Medi, 1995)

Daw un dydd nad yw'n dyddio.
Un â'i fryd ar fachludo
yw diwrnod â gwaed arno.

Ddydd Gwener, dydd gwahanu,
mor galed ydoedd credu
fod yr haf i hydrefu

dros nos nes ein drysu ni.
Daeth cur hunandosturi
i wenwyno'n trueni.

Ddoe'n nefoedd, heddiw'n ofid.
Fel llaw hael yn troi'n arf llid,
ddoe'r arlwy'n heddiw'r erlid.

Fel hyn y bu'n dwy flynedd —
aelwyd wag meini gwagedd,
anial di-liw a di-wledd.

Piau'r hwtian a'r dannod
yn Y Llain? Tylluanod
yn gweini ar fwganod.

Llwynpïod . . . Llwynypïa.
Nihiliaeth Satwrnalia
a weinir ym Methania.

Yn Nhrealaw'r treialon,
annwyd dau'n y fynwent hon
yw eu hiraeth am Aeron

lle bu arddel cornelyn,
er i'r esgar oresgyn
sawl cyfer â chanser chwyn,

ac i leidr ddwgyd cwm glo.
Mae'r gerdd gynt i'r gwynt ar go'
y Ganaan Gymreig yno.

Cur heb hunandosturi.
Ym mhoen gwaedd, amen gweddi
yn ras rhag ei suro hi.

A adferir cred yfory?
A ddaw haul o'r Llethr Ddu
er Gwener y gwahanu?

Rhoed cur hunandosturio
yn llwch i lwch i'w luchio.
Bydd trydydd dydd yn dyddio.

Ar Wên Haul Oerni Welaf

(Hydref, 1995)

Ar lan y môr yn Brora, er i wên
    yr haul fyrhau'r gaea'
  â sêl Mihangel o ha',
  mae hiraeth fel storm eira.

Y Rhyl

(Rhagfyr, 1995)

Roedd hi'n aea' yn Na n-Og.
Nid yw'r Rhyl yn dre heulog
pan rydd y môr flaenoriaeth
i'r rhew gael cerdded y traeth.

Rhod y ffair wedi fferru,
y llo aur heb demtio'r llu
i wario ar allorau,
a'r hyrdi-gyrdi ar gau.

Crwydro . . . Dyfod i dafarn.
Chwilio tôn a chlywed darn
o siant peiriant yn poeri
ei halen i 'nhablen i.

Fy ngweddi oedd gweld Nia,
â hi'n mwynhau dyddiau da
ei thymor yno'n forwyn,
mor heini'n gweini'n ddi-gŵyn.

Mwynaf ffrind mewn ffeiriau, hi,
daer haden lawn direidi,
a'n rownd-a-rownd ar y rhod
a fyddai'n wyth rhyfeddod!

Be' rown am gael mynd i'w bro
pan oeddwn heb heneiddio!
Hi, fy ngwres a siôl fy nghrud,
fy nghywely, fy ngolud.

Rhôi o'i hwyl ar fôr creulon
ofal i'm dal uwchlaw'r don.
Cymerai fâl fy ngalar
'nôl i'w chôl yn wrol, wâr.

Fy Nia o Dir na n-Og,
fy rhiain a'm haf rhywiog.
Hi, fy nghyfaill, fy nghefen,
hyd yn oed â'm nwyd yn hen!

* * * *

Ond wyneb yw nad yw'n bod,
wyneb sydd heb ei nabod
na'i gymell gennyf bellach.
Pwy wnaeth ddwyn y forwyn fach
a'i hala o'i bro heulog,
f'annwyl Nia o'i Na n-Og?

Pwy yw ef a'i piau hi
wedi bwrw rhwyd i'w briodi?
Tad Amser, 'rhen goncwerwr
fu'n ei dal yn nwfn ei dŵr.
Cedwid ei glendid dan glo,
a'i ddawn oedd ei heneiddio.

Ymhob ffair, ar ei air ef,
o reidrwydd ildia'r hydref
le'r chwarae i rew'r gaeaf,
a chwrdd â Nia ni chaf.

Roedd nwyd fy mynwes wresog
am gadw Nia yn Na n-Og,
yn ei hysbryd a'i hasbri,
yn ei dawns ddireidi hi.
Cael haf hir yn Nhir na n-Og,
tu hwnt i glefyd heintiog
ofni sgubad y bladur
sy'n llusgo dod â'i llafn dur.
Yn Na n-Og, ei hoedran hi
ni fyddai'n bruddglwyf iddi.
Yno, 'i rhin fyddai'n parhau
er ei chrychu â rhychau.

Daw i'n cof eiliad ein cwrdd,
dwy gyffes ein cyd-gyffwrdd,
ac oriau a dyddiau da
ein hynt trwy dymor cynta'
ein cefnddwr o garwriaeth,
fel petai'n ddi-drai ar draeth.

Cae Na n-Og oedd ein cae ni.
Erw gwanwyn yn gae'r geni,
ac yn gae braf haf-o-hyd
heb ei boeni gan benyd
hydref. Nef oedd ein cae ni,
ac afraid fyddai cyfri
oriau'r haf. Doedd gaeafau
yno ddim yn gur i ddau
â hen ddigon eto'n ôl
o wres, o'u cynghrair oesol.

Ond byw breuddwyd y buom
yn rhy hir o dan hun drom.
Agoriad llygad mor llym
ydoedd deall pwy ydym.
Dau arall i'w pladurio
'da'r Tad â'i sgubad, dros go'.

* * * *

Yn f'ôl y dof i aelwyd,
ac adref at nef fy nwyd.
A mwyach, er mor wachul,
fel rhodd o'm trafaelu i'r Rhyl,
rhof iddi fy rhyfeddod.
Beth sy'n rhyfeddach na'i bod?

Y feinir yn Nhir na n-Og
y dwedaist mor odidog
amdani, fel y'm denwyd
i'w mwynhau â'm fflam o nwyd.

Ynom ni y mae Na n-Og,
yn eiliadau goludog
o berthyn, yn un funud
o'r nef fach a'n tery'n fud,
yn oriau dwfn o gariad
prin, ond bythol eu parhad,
yn ddydd a nos rhyddhau nwyd
i wareiddio dwy freuddwyd,
yn ddoe ieuanc diddiwedd
a'r wawr yn dal ar ei wedd,
yn fory pêr ei fwriad
y tu hwnt i rod y Tad.

Gwaddol

Mae seintwar y cymharu yn ogof
    mor wag heb gywely.
  Hunlle yw bod man lle bu
  ias nosau o anwesu.

Fe'n trewir gan hwrdd o hiraeth weithiau.
    Fe'n llethir â'i driniaeth.
  Neithiwr yn darfwr y daeth
  nes i glaf droi'n ysglyfaeth.

Ysglyfaeth yn nos ei glefyd yn galw
    arno i gilio ennyd.
  Ond i ddowlad fy adfyd
  main y daw, myn duw, o hyd.

Ac o hyd, dod i'm gwawdio a wna ef,
    i'm 'nafu a'm rhwygo
  yn frau, frau. Daw o ryw fro
  glaf o hwyl pan glyw f'wylo.

Hen gnaf — mae f'wylo'n gynefin iddo,
    yn fodd iddo chwerthin
  yn ddieflig, yn ddiflin,
  i ddyblu loes fy nydd blin.

Drwy'r heth flin ni ddadflinaf. Er brwydro
    a brwydro dioddefaf
  o'i phoen o hyd. A phan af
  i'r hen falen, fe wylaf.

Ni welais hiraeth yn wylo unwaith.
    Calon bren sydd ganddo.
  Ymlid, nid cydymdeimlo
  yw ei branc pan ddaw i'm bro.

Dod â'i wawd i greu cawdel. Helcyd byd
din dros ben wna'r cythrel.
Siga, tanseilia â sêl
unrhyw hafan â'i ryfel.

Oherwydd yr ysgaru,
fy ngwâl oer, fy ngalaru
sy'n drymach, dyfnach na du.

Yn ogof hiraeth mae gwae'n goferu
o rwyg y galon, o hunlle'r gwely.
A phan ddaw hiraeth i lywodraethu
fe ddaw â'i wenwyn i'm llwyr feddiannu,
a rhoi'i ben ar obenny'. Mae yno'n
pwyso'n fy nghalon — fe yw 'nghywely.

O'r ogof, er fy rhwygo,
yr af, os caf, nes cofio
cynhaea' aur cyn bod cno
oer o aea'n fy mriwo;
'nôl at waddol ein heiddo,
o'r cur i seintwar y co'.
Wy'n moyn i ti ymuno yn y daith
o fynd trwy'r cyfwaith o fentro cofio.

Mi gofiaf bob gem 'gefais —
dy law hud a gwên dy lais.
Cofio tlysni cwmnïaeth
yn waddol didol, nes daeth
o'th athrylith i'r aelwyd
eiliad brin dinoethi nwyd.
A diemwnt o hiwmor
ynot a gawn; dawn ddi-dor
i fynnu oes o fwynhau
gêm dygymod â gemau
geiriol, a thi'n rhagori —
wel, gan amlaf arnaf fi!

Tymer dyner dau enaid
yn rhoi, ac yn rhoi o raid.
Un yw'r rhaid i fam roi'i bron
â'r rhaid sydd rhwng cariadon.
Hawlio, wedyn, eiliadau
o berthyn dillyn rhwng dau'n
honni mai nhw oedd piau'r
cyfan o'r arian a'r aur.
A'r ennyd wâr i ni'n dau,
'da'n gilydd, daenu golau
ar aelwyd ac ar wely
yn lleufer tyner i'n tŷ —
man ein cymun a'n cymer,
a man dau'n mynd yn un mêr.
Ond bu dau'n gwarchod bob dydd
unigoliaeth ei gilydd.

Tynerwch y bartneriaeth, y ddeuawd
oedd ddoe yn gerddoriaeth
gre' i eiriau'r garwriaeth
nobla' erioed, i ble'r aeth?

Daearyddiaeth hiraethu yw moroedd
yn marw cyn sychu.
Dyffryn yw'r fron a'r glyn fry,
a'r wybren yn bair obry.

Ym mro hiraeth y mae'r eira yn ddu.
Gardd oer yw'r Sahara.
Gormes gwres ym mangre'r iâ
fel anghenfil yng Ngwynfa.

Ebrill yn ddall heb friallu. Gwanwyn
heb ŵyn bach i'w magu.
Pob tirwedd yn Dachwedd du
a'r haf cyn Mai'n hydrefu.

Y mae pob gwawr nawr yn nos. Llinell bell
yn bod ac yn agos.
Derwen â'i phen yn y ffos.
Rhewynt yng nghân yr eos.

Fy anian oedd byw'n hunanol, a bwrw
byw'n hunan-ddigonol.
Byw i heddiw heb waddol
i'w rannu fory ar f'ôl.

O fyned fy ffordd fy hunan, i fyw
mor fyfïol druan,
fe gest esgus o gusan,
a'th roi fel cethr ar wahân.

Bu dy wyneb di-wenau'n
sarrug fel caddug yn cau'n
dduach, trymach na Thachwedd,
yn wyneb is na maen bedd.

Hen heulyn ewn a welodd
ei gilwen felen yn fodd
i oleuo rhyw leuad
nad oedd yn rhan o'i ystâd.
Ei denu, ei chylchu hi
â'i galennig o oleuni,
i glorio gwawl ar ei gwedd
â radiwm ei afradedd.
Helios mor halfor â'i wres —
hi'n arobryn i'w rebres.
Ef oedd maestro gwresogi
a chynnu tân ei chnawd hi.

Trwy'i lif rhowd hi ar lwyfan
yn gares o lodes lân.
Hardd iawn mewn porffor oedd hi
wyliau Ionawr eleni
yn gannaid mewn ffrog wanwyn
neu ŵn haf aur o gnuf ŵyn.
Yn iraidd fe'i colurodd —
â'i drwyth o baent wrth ei bodd.
Gwawl o rudd ar ei gruddiau
dros bob cyfnos i'w thecáu.
Gyda'r wawr gwydru arian
yn glir ar ei thalcen glân.
Ac at ei baentiad di-baid,
rhoi yr hwyr, ei wawr euraid.
Rhaid i dduw roi i'w dduwies
ran o'r aur o ffwrn ei wres.

Ond dan ei aur, nid tynerwch a gaiff
ei gâr ond caledwch
amlosgfa'r hunangarwch
creulona', a'i llosga'n llwch.

Wedi'i chodi daw ei chodwm. Mae gwên,
mae gwg ymhob radiwm.
Ddoe yn bluf, hi heddiw'n blwm.

Y radiwm a'i herydodd hi dros dro
â'i strôc, a'm doluriodd
innau. Ei wres a'm cyffrôdd
i chwerwi. Fe'm carcharodd.

Aeth cur yn hunandosturi. Ynof
y ganwyd trueni.
Gwaedd oedd fy unig weddi.
Nacâd oedd ei heco hi.

Ynof hogwyd cenfigen, a'i briw hi
fel brath y fiaren.
Fe'm gwanwyd â blaen draenen
i'r byw. Roedd bywyd ar ben.

Un hwb, a dyn â'n faban, i'w eilun
-addoli ei hunan,
a gwneud ego yn degan.

Heno, ogo' wag yw'r gegin unig;
mynwent heb dy chwerthin.
Wyf eiddil fel ar gilfin,
ac rwy'n gweld dagrau'n y gwin.

Daw oeri'r gwaed a rhewi'r gân â'u hing
rhyngom fel cyflafan.
Ni ddaw'r naill na'r llall allan
o ryfel oer ag arf lân.

Â'r falen ymrafaeliaf. O'r hunllef
rynllyd y dihunaf.
Mynd gam ar ôl cam, nes caf
gyrraedd at 'run a garaf.

Yn raddol y cyrhaeddaf. Darfod bod
gan bwyll y bydd gaeaf.
Nid y rhew sy'n dod â'r haf.
Nid cyn hau y daw c'nhaeaf.

Yn dirion fory af i drin f'erwau
i agor cwysi a dodi hadau.
A gawn ni hefin o gynaeafau
a cherdded sofol ein naw nos olau?
Fe ro' i had f'edifarhau yn dy rwn.
Y grawn a feddwn f'ai'r ddawn i faddau.

I lanw'r sgubor ar gyfer fory
fe lifai cawod diwrnod dyrnu
yn wyrth o wenith wrth ei wahanu
o sarn ei wellt a throi'i us o'r neilltu.
Cael ail haf i gynaeafu cariad
yw f'erfyniad — ai ofer ei fynnu?

A geir o erwau ein hail garwriaeth
egin hudolus ein cyd gnawdoliaeth?
A ddaw eneiniad i'r ddwy hunaniaeth
o had tynerwch yng ngrwn partneriaeth?
Eleni, a gawn luniaeth ein bord gron
yn drwm o aeron o'n storom hiraeth?

I oedfa'r seintwar dôi siant i'n dwgyd
o ogof ein methiant;
carol ddyrchafol ein chwant
yn ddeuawd o faddeuant.

Cofia Dryweryn

Nid 'Cofier Cwm Tryweryn' yw'r geiriau
  ar gerrig y murddun.
Y Farn arnaf fi yw hyn.

'Cofia' yw arch y cyfarchiad. I mi
  mae her y llythreniad.
Mae'r her oherwydd fy mrad.

Megis cwter yw Tryweryn. Ar bwy
  mae'r bai am y merllyn?
Nid â glaw y boddwyd glyn.

Ac nid distryw gwynt estron o'r dwyrain
  mo'r dŵr yn yr afon,
ond ton fy mrad dan fy mron.

Roedd gollwng llan Capel Celyn i'r dŵr
  du, gynddrwg â derbyn
un eglwys goch glas a gwyn.

Yn ddirgel, cloddio argae a wnes i.
  Troi'r lli yn llyn chwarae
unrhyw gêm i osgoi'r gwae.

Yng nghrynfyd bach fy nghronfa y nofiais
  gyda'r llif, a chyda
gododdin diddrwg didda.

Ond wrth guddio'n fy nghronfa gyfyng
  fe gefais fy nala
â berw tonnau Britannia.

Dan y llif fe'm caed yn llwfwr, heb neb
  yn is na fi'r bradwr
yn dihoeni'n Brydeiniwr.

Damnio nant a mynwentydd ac aelwyd
  a gwâl gyda'n gilydd —
y Sais hyf a'i was ufudd.

Creu anialwch o'r cornelyn a ges
  yn gof i'w amddiffyn
wnaf fi, os anghofiaf hyn.

Ar y Llain

(Ddydd Gŵyl Ddewi, 1994, cyhoeddwyd bod Charles am ymweld â Chymru i ddathlu chwarter canrif o'i deyrnasiad fel Tywysog Cymru.)

Beth oedd gan Gymru
i'w ddathlu?
Ei bod hi yma o hyd,
yn disgwyl am yr haf
er gwaethaf ei gaeafau?
Roedd sôn fod Carlo,
ci cân chwe deg naw,
am geisio codi'r asgwrn
a roddwyd i'w gladdu
yn llain Caernarfon.

Fedi, yng Nghaergaint,
roedd ffusto'r Sais
ar ei lain ei hunan
fel lladd wrth allor.
Y Sul hwnnw,
y pendefig o Antigua
oedd tywysog Cymru,
a'i ddagrau brenhinol
yn rhuddo'r borfa.

Pan glywaf gyfarth Carlo,
neu gyfarth cŵn o'i blaid,
bydd fy ngwrychyn yn codi,
fel pob gweriniaethwr.

Ac eto, pe delai
Hywel Dda,
Llywelyn,
Glyndŵr,
un o'r tri,
â'r haf i'n llain,
talwn wrogaeth
fel pob brenhinwr.
A phe gwaeddai Sais,
Not cricket!
fe atebwn i,
Not out!

Y Twrch Trwyth

Cyn bod nudden heno
Am Garn Ingli,
Cyn bod awen Waldo
Dros Dŷ Ddewi,
Cyn i Gerallt Gymro
Arddel llinach,
Cyn i'r gwcw lanio
Ddydd Gŵyl Brynach,
Creadur od ddaeth i Borth Clais
A'i fryd oedd lladd ar siwrne o drais.

Pan aiff gwaed i golli
'Mhell o Benfro,
Rhedeg i gwteri
Sarajevo,
Yr un yw awch dialedd
Ar y gylleth
Â'r awch fu ar ewinedd
Eryr Breudeth.
Tre-cŵn oedd cromlech arfau'r farn
A chwalodd blant Iraq yn sarn.

Serch diflannu'r mochyn
Dan y tonne,
'Nôl y daw'n ddieithryn
Ar 'i siwrne.
Falle dwe neu fory
Drennydd, dradwy . . .
Falle heddi'n mynnu
Croesi'r trothwy.
Ta pryd, ta ble bydd talu pwyth
Bydd honno'n siwrne i'r Twrch Trwyth.

Prydeindod

Nid gwlad mo Prydain ond gwledydd a asiwyd
  gan flys imperialydd
 â deddf, a honno bob dydd
 yn rym ysol gormesydd.

Nid undeb mo Prydeindod, ond syniad
  i swyno Cymreictod
 i gysgu dan ei gysgod
 a'i hudo i beidio â bod.

Teyrnged Pen-blwydd

(I Eifion George, fy athro hanes yn Llandysul)

Athro hanes, d'athroniaeth a welodd
  yn hil y frenhiniaeth
 ein gwarth, a'th ddosbarth a ddaeth
 i goroni gweriniaeth.

Cyffes

Perchnogwch y nos.
Bydd ei charped
yn addurn i'ch llathen gul,
a'i sari'n sidan amdanoch.

Perchnogwch y nos.
Bydd ei pherlau'n
serennu'ch breuddwydion,
a'i siolau'n
degwch i'ch gwarrau.

Perchnogwch y nos.
Bydd ei pherlysiau'n
disgyn i'ch dwylo,
a'i blodau'n gadwyn
hardd, esmwyth i'ch gyddfau.

Perchnogwch y nos.
Bydd ei choeden
Banyan yn gysegr,
a'i duwiau'n
gwaedu'r fwlturiaid.

Perchnogwch y nos.
Gardotwyr Calcutta,
'doedd y dydd ddim yn elwch i chi,
pan oeddwn i yno.

North Stand, Block C

(Er cof am John Hill, a laddwyd ar ddiwedd y gêm rhwng Cymru a Romania, Tachwedd 1993. Yn ystod y gêm honno y cyfarfu Llio Mair ac Euros Dafydd am y tro cyntaf)

Ugain munud o'r gêm yn weddill,
cic gosb,
a deugain mil yn dal eu hanadl.

Rhaid saethu'r bêl i'r rhwyd . . .

Trwch trawst oedd rhyngom ac America.

Â'r gêm wedi'i cholli,
â'r mis unwaith eto'n ddiarhebol ddu,
yn sydyn,
saethwyd un ohonom yn gelain.
Doedd y gêm yn ddim ond gêm ar ôl hynny.
Y mae rhagor rhwng cic gosb
a chic gosb mewn tragwyddoldeb.

Ond i ddau ffanatig ifanc
a rannai'r un rhes
a gwres newydd ei gilydd,
roedd y gêm yn fwy
na gêm.

I Gofio Rhys Tudur

(Bu farw Tachwedd 1996)

Rhoed popeth, ei bregethu a'i hiwmor
   a'i rym wrth wynebu
  ei Dachwedd a'r diwedd du,
  i Rhys trwy rym yr Iesu.

I Gofio Lloyd Evans

(Prifathro Ysgol Gynradd yng Nghaerdydd a fu farw Mai 1995)

Ni bu Cardi caredicach, na'i well
wrth allor cyfeillach,
na'i ail fel bugail rhai bach,
na gŵr na thad rhagorach.

I Dic Deryn, Cwmderi

Deryn yr uchelderau, yn hedfan
i'w adfyd ar brydiau.
Er cipio hwyl o'r copâu
daw awr ei iselderau.

Athrylith herio hualau, yn gaeth
yn sgip y tynghedau.
'Rôl llenwi ei lorïau
â'i gaca'i hun, daw'r gwacáu.

I Emyr Lewis

(Enillydd Gwobr Goffa Griffith John Williams, 1997)

Carreg fu 'nghudd mewn clegyr a dynnwyd
ohono'n Em eglur;
purach, cadarnach na dur,
maen diemwnd yw Emyr.

I Gwyn a Meira Wyn

(Ar achlysur eu priodas)

Un a oedd yn Feira Wyn, yn enw
mor annwyl gan bobun,
newidiwyd mewn munudyn.
Nawr ar goedd mae'n Feira Gwyn.

I Huw a Catrín Chambers

(Ar achlysur eu priodas)

Wele'r ffanatig criced yn rhoi'i air
i Gatrín cyn llonned
ei galon ffyddlon â phed
âi Waqar â chan wiced!

I Ninnau'r Beirdd Cyfarch

Mae'n rhaid bod llygaid ambell un yn drwm
gan drawst o frycheuyn,
fel na wêl trwy'i ddellni'i hun
y daw anghlod i'w englyn!

I Aled Gwyn

(Ar achlysur ennill y Goron yn Eisteddfod Bro Colwyn 1995)

Gwelsom goroni dy felodïau.
Rhoi min newydd i'r hen harmonïau.
Awr lon awr leddf yn hogi'r cyneddfau,
Dolur y digri'n cawdelu'r dagrau.
Yna 'mhang cawod angau Gwennan Haf,
Fe ddaeth hen aeaf â'i ddwthwn waeau.

Yn seiat y drin ar ffin ei phoenau,
Cedwaist ei chwmni trwy dy storïau.
Hi a Da'cu yn cerdded y caeau,
Canfod camelod yn y cymylau.
Rhoist i Gwennan foliannau dy hwrê!
Un ddewr yn godde yr unigeddau.

Nid fel doe y bydd dy felodïau
Yn jengyd rywle i niwl boreau.
Yma i aros fel y tymhorau
Bydd dy gerddi i haf wylodd aeafau.
Agorawd eich deuawd chi'ch dau yw hon
Ac aeth y goron i'r cywaith gorau.

I Tudur Dylan

(Ar achlysur ennill y Gadair yn Eisteddfod Bro Colwyn 1995)

I arbed stamp, am dy gampwaith, wele
wy'n hala ar unwaith
yn dyner a diweniaith
beth ddywed fy llyged llaith.

Y nacâd o Bencader a fu'n gefn
i garn fagu hyder
yn yr hil, a'r un yw'r her —
lanc ifanc, carca'r cyfer.

Yr anwylaf o'n cornelyn, un twym,
hynod daer am berthyn
yw'r ŵyr gafodd farworyn
wrth letya gyda Gwyn.

'Da'r henwr cest yr union eneiniad
i ganu o'r galon.
Bydd lawen, a boed heno'n
ŵyl i ti, Dylan Ail Ton.

Cyfarchion o'r Maen Llog

(Cyhoeddi Eisteddfod Genedlaethol Nedd a'r Cyffiniau, 3 Gorffennaf, 1993, pan urddwyd John Gwilym yn Archdderwydd. Ryw ganrif cyn hynny roedd yna ferch ifanc, bert, ddeunaw oed yn byw yng Nghastell-nedd. Mae John a minnau'n ei chofio hi'n hen wraig ar aelwyd Parc Nest. Mae John hefyd yn ei chofio hi'n gwneud rhywbeth hollol annisgwyl yn ei henaint, sef dawnsio i dôn emyn. Hi oedd Mam-gu.)

Llawenhawn! Mae Castell-nedd
Yn wersyll beirdd yr orsedd,
I ddymchwel caer pob gelyn
'Rydd warth ar y bröydd hyn.
Y Gymraeg yma rwygir
Gan draha gwaseidd-dra Sir.

Drwy hengat bro'r Abaty
Daw'r iaith hon adre i'w thŷ,
Yn hen wraig, i rai'n hen wrach
Yn rhygnu o'i phair grwgnach.
Ond galwad i'w diogelu
Yma a gawn. Hon yw Mam-gu
A'm dug ym mhlyg ei siôl hi
I'w gardd o hwiangerddi,
A gwasgu'i gwres mynwesol
Mewn i'w chân i mi'n ei chôl.

'Ddaw ei hŵyr, ein Harchdderwydd,
Shirgar meddylgar ei ddydd,
Ar siwrne ddewr orseddol
O Barc Nest i Barc Y Gnoll,
I'w hiacháu a'i bywhau hi?
Heddiw'n hen, a ddaw'n heini?
A ry dawns ei thraed o hyd
I ni emyn i'n symud?

Barchedig Bendefig Dyfed — dere
Yn dirion i'n harbed
Yn gryf rhag ildio i'r gred
Taw angau biau'n tynged.

O'r henfro hon cer yn freiniol — i'n troi
At yr awr obeithiol.
Bydd yn frenin gwerinol.
Bydd Mam-gu'n gwenu'n dy gôl.

Rhagair i'r Ddrama Nest

Roedd Nest yn ferch i Rys ap Tewdwr, brenin olaf Deheubarth, un o dair brenhiniaeth Cymru'r ddeuddegfed ganrif. Ar ôl i'w thad gael ei ladd mewn brwydr yn erbyn y Normaniaid yn 1093, fe'i magwyd yn ward i'r brenin Harri I cyn ei phriodi â Gerald o Windsor. Roedd ei merch Angharad yn fam i Gerallt Gymro, a bu ei meibion yn flaenllaw yn y gad Normanaidd yn Iwerddon. Bu gan Nest nifer o gariadon gan gynnwys y brenin Harri I. Dywedir iddi esgor ar bymtheg o blant. Roedd hi'n enwog am ei harddwch ac fe'i hadwaenir fel 'Helen (Troea) Cymru' oherwydd iddi gael ei herwgipio gan ei chyfyrder Owain ap Cadwgan, Tywysog Powys, digwyddiad a gofnodir yn *Brut y Tywysogion.* Yn ôl y *Brut,* aeth Gerald o Windsor â Nest, adeg y Nadolig 1109, i'w gastell atgyweiriedig yng 'Nghenarth Bychan', adeilad oedd â geudy newydd *en suite.* (Ffaith ogleisiol o broffwydol yw bod cynrychiolydd Tŷ Windsor, gŵr y dywysoges, wedi mynd ar ei ben i lawr y geudy ddechrau'r mileniwm hwn, a hynny oherwydd nwyf y dywysoges!) Yn ystod y ganrif hon tybiwyd mai Cilgerran oedd 'Cenarth Bychan', a hynny'n unig ar sail un dyfaliad petrus gan J. E. Lloyd. Dengys ymchwil diweddar mai yng Nghastellnewydd Emlyn yr oedd y castell dywededig, ac mai yno hefyd y lluniwyd y parc i'r bwch-a-danas, parc a elwir hyd heddiw yn Parc Nest.

Nest

CYMERIADAU

NEST, merch Rhys ap Tewdwr, 28 oed
GERALD de WINDSOR, ei gŵr, 40 oed
HAWIS, ei morwyn, 45 oed
MEILYR, ei gwas, 30 oed
DISTAIN, yng ngwasanaeth de Windsor, 35 oed
OWAIN ap CADWGAN, Tywysog Powys, 28 oed
Dau fachgen (rhwng 8 a 10 oed)

LLEOLIAD

Neuadd a siambr Gerald a Nest yng Nghenarth Bychan, gyda drysau'n arwain o'r neuadd i'r cwrt ac i'r siambr, ynghyd â llenni'n cuddio agoriad o'r siambr i'r geudy. Mae grisiau'n esgyn o'r neuadd i'r llofftydd.

AMSER

Act 1: Gŵyl San Steffan, 1109
Act 2: Trannoeth yr ŵyl

ACT 1

Y neuadd a'r siambr. Mae Hawis yn y siambr yn taenu'r gwely, a Nest a Gerald yn eistedd bob pen i ford y neuadd yn swpera ar gigach, llysiau a gwin. Mae Nest mewn gwisg felfed goch. Rheolir yr agoriad gan ddistawrwydd llethol, ac yn eu tro, mae'r naill yn ciledrych ar y llall heb ddal llygaid ei gilydd. Ar ôl ysbaid hir, clywir, o'r llofft, ferch ddwyflwydd oed, yn llefain yn ei chwsg. Mae Gerald yn dal i fwyta, ond fe wrendy Nest yn bryderus am ysbaid, a hithau Hawis. Ymhen ysbaid eto, mae'r llefain yn distewi.

NEST Angharad yn llefain yn ei chwsg, druan fach. Wedi blino'n lân ar ôl y daith hunllefus.

GERALD Oedd hi gynddrwg â hynny, Arglwyddes?

Clywir ci yn udo yn y cwrt. Saib.

GERALD A beth yw'r farn am Genarth Bychan?

Saib. Ymesyd Gerald ar asgwrn.

GERALD Ymhen rhai misoedd bydd hwn yn gastell i'w ryfeddu.

NEST Medd fy Arglwydd. Y gaer a'r geudy gorau yn Neheubarth, os nad yng Nghymru gyfan! Ac yn well na dim a welir yn Iwerddon! Mae fy nheulu'n un unigryw drwy ynysoedd Prydain heno!

GERALD Pam, Arglwyddes?

NEST Yr unig deulu i fwrw Gŵyl San Steffan yn teithio trigain milltir i weld geudy. Beth fyddai barn y Pab ar werth y bererindod yma? *(Saib)* Gair fy nhad oedd cachdy. Roedd tri ym Mhlas Dinefwr, ond 'doedd dim cystal cwymp i'r afon.

GERALD 'Doedd gan Rhys ap Tewdwr ddim llygad adeiladydd.

NEST Bydd ei enw'n fyw er gwaethaf hynny.

GERALD Methiant mawr dy dad oedd rhoi ei ffydd mewn muriau pren. Ond cyn hir, bydd y rheiny i gyd yn furiau cerrig. Roedd mur y dwyrain wedi mallu at ei sail. Bu'n rhaid grwndwalio. A'r un fydd hanes mur y gogledd hefyd.

NEST Arfau goresgynwyr gwlad yw ceyrydd cerrig. Braint fy nhad oedd bod yn frenin yn ei wlad ei hun.

GERALD Hanner gwlad . . . os hynny. Ac ar amod talu deugain punt y flwyddyn o dreth i frenin Lloegr! Cadarnle'r ffin fydd Cenarth Bychan, y ffin sydd rhyngof fi a'r cythraul bach Cadwgan, ynghyd â'i feibion anwar.

NEST Caer i gadw'r ffin, neu i'w chwalu hefyd?

GERALD I'w chwalu maes o law. A pham lai? Rhaid adfeddiannu'r tir a gollwyd, i ddiogelu aber afon Teifi.

NEST Rhag fy nhylwyth i.

GERALD Ie, eich tylwyth diegwyddor chi. Y diawl Cadwgan yn dod bob cam o Bowys i reibio Ceredigion! A meddiannu caer Din Geraint! Ac mae ei feibion, erbyn hyn, â'u llygaid ar Ddeheubarth. 'Does dim terfyn ar eu trachwant.

Exit Gerald i'r siambr.

GERALD Diflanna, forwyn!

Exit Gerald i'r geudy a Hawis i'r neuadd.

NEST Maddau i fi, Hawis.

HAWIS Am beth, f'Arglwyddes?

NEST Am anghwrteisi'r Arglwydd. Ni faddeuir anfoesgarwch undyn oherwydd pledren wan.

HAWIS Na phoener, Arglwyddes. Onid byr fydd ein haros yma?

NEST Oes arnat hiraeth am Gaer Rhiw yn barod?

HAWIS Oes. Ac arnoch chithau . . . O! Bydd ddistaw Hawis! Mae'ch gwely wedi'i daenu.

NEST Osgoi mynd iddo heno garwn i. Ond gobeithio y cei dithau orffwys a bwrw blinder wedi'r daith. *(Saib)* Sylwais ar dy wyneb wrth fynd heibio i Fynydd Carn.

HAWIS Dychmygu gweld yr union fan lle y cwympodd yn y frwydr. Dyfalu'r olygfa welodd e, cyn tynnu'i anadl olaf, druan.

NEST Deunaw oed.

HAWIS Blwyddyn o briodas.

NEST Blwyddyn hapus?

HAWIS Oedd, er gwaethaf sawl cyflafan. Cymro yn lladd Cymro oedd ei hanes hi gan amlaf.

NEST Dyna'r drefn.

HAWIS 'Ddeallaf fi ddim byth mohoni. Mae'r Norman wrth ei fodd . . .

Enter Gerald.

HAWIS Nos da, f'Arglwyddes.

NEST Nos da, Hawis.

Exit Hawis i'r llofft. Saib. Cais Gerald dorri'r tyndra wrth arllwys gwin i lestr Nest.

GERALD Mi awn am dro i'r parc yfory. Roedd coch y machlud heno'n addo tywydd teg. Mi gewch weld y palis, sydd ar ei hanner hyd yn hyn. Mi gymer eto fis i'w gwblhau. Ond mi fydd yn barc godidog maes o law. Lle gwych i fwrw hafddydd yn hela'r bwch-a-danas. Ac i chithau gael hamddena. Mi ddewisais enw iddo hefyd. Mi gewch chi ddyfalu. *(Saib)* Dewch!

NEST Parc de Windsor.

GERALD Nage.

NEST Pam y dylwn i ddyfalu enw sydd eisoes wedi'i ddewis?

Saib. Cefna Gerald arni, a dychwelyd i'w ben ef o'r ford i ymosod ar asgwrn.

NEST Ai dyna hyd a lled fy mywyd i? Fy *raison d'être*? Gofyn i fi roi amen i'ch penderfyniad chi. *(Saib)* A sut mae dirnad eich meddyliau, â'r rheiny wedi'u rhoi dan glo cyhyd? Eu cadw tu fewn i'r palis sydd rhwng eich clustiau chi. Nadolig y llynedd oedd y tro diwethaf i ni gwrdd fel teulu. Chi a fi a'r meibion ac Angharad. Blwyddyn gron. Pam na ddewch chi ambell waith i weld Angharad yng Nghaer Rhiw?

GERALD Mi fyddwch chi'n cael gweld y meibion yn rheolaidd.

NEST Ond 'does dim awydd gweld Angharad arnoch chithau.

GERALD Mae croeso iddi ddod i Benfro unrhyw bryd. Ac i chithau. Mi dderbynioch y gwahoddiad yma heddiw.

NEST Gwahoddiad? Beth yw ystyr hynny? Cael fy ngwahodd yma fel tasai honno'n ffafr fawr? Beth a ddisgwylir gennyf? Cusanu'ch traed i ddiolch am y fraint o gael dod i Genarth Bychan? Fy nhad oedd piau Cenarth Bychan!

GERALD Heddiw, fi a'i piau, y gaer a'i pharc.

NEST Perchnogaeth lleidr.

GERALD 'Thorrais i 'run gyfraith. Mae bod yn ŵr i Nest ferch Rhys yn cyfreithloni f'arglwyddiaeth i dros Genarth Bychan . . . a Chaer Rhiw.

NEST A dyna fydd fy chwedl i. Pwy oedd y Dywysoges Nest? Y wraig a roes i'w gŵr yr hunan-dyb ei fod yn fwy na cheidwad castell estron Penfro. Fe'i twyllodd ef ei hun mai ef oedd Arglwydd Cenarth Bychan a Chaer Rhiw! A'i uchelgais yn y diwedd oedd rheoli Dyfed a Deheubarth, os nad Cymru gyfan!

GERALD Nid twyll mo'r ffaith ei fod yn dad i wyrion Rhys ap Tewdwr.

NEST Mae ganddo wyres hefyd.

GERALD I'w phriodi maes o law â gwrda cymwys.

NEST Dyna dynged merch ac wyres Rhys ap Tewdwr.

GERALD *Touché*, f'Arglwyddes. Ond dyna'r drefn.

NEST Y drefn sy'n rhoi'r awenau yn nwylo dynion.

GERALD Ie. Y meibion fydd yn arwain.

NEST A dilyn fydd Angharad fach, fel pob merch. *(Saib)* Ond beth ddaw o'ch Hubert chi, y bastard gwcw yn y nyth? Fydd hwnnw byth yn ŵyr i 'nhad.

GERALD Mi ofalaf i am Hubert. Bydd enw tras FitzGerald yn chwedl fawr ryw ddydd.

Clywir lleisiau yn y cwrt. Gwrendy Gerald am ysbaid cyn ailymosod ar asgwrn.

NEST Pam cadw enw'i fam dan glo o hyd?

GERALD I'ch cadw chi ar ffin cenfigen.

NEST Cenfigen? Cariad a fag genfigen. Yfwch win, f'Arglwydd, i ddathlu nad wyf yn cenfigennu! Iechyd da! *Bonne santé*!

Nid ymetyb Gerald. Yf Nest ddiferyn.

NEST A sut mae eich iechyd? Ydych chi'n ddiolchgar am y fraint o gael byw cyhyd? Efallai bod osgoi dioddef fy nghenfigen wedi'ch helpu chi i groesi'r deugain. Mor braf yw byw heb orfod goddef emosiwn mor ddifaol. Gallwch gysgu'n esmwyth yn eich caer ym Mhenfro heb eich bygwth gan saethau fy nghenfigen i. Ond wedyn, mae'n siŵr fod emosiynau eraill yn eich llethu. Unigrwydd. Mae hwnnw'n medru bygwth caer yr enaid. Teimlo'ch bod yn ddim ond broc ar draeth. Oni syllwch dros y môr ym Mhenfro ambell waith, a theimlo mai gyda'ch tras a'ch tylwyth dros y gorwel pell y dylech fod? Byddwch onest nawr, f'Arglwydd, ddaw hiraeth ddim i'ch llethu ambell dro, yr hen hen dynnu at gynefin ac at waed y Gherardini?

GERALD Arglwyddes! Pam coleddu syniad sydd bellach mor hen ffasiwn? Mor ffôl â cheisio atal llanw'r môr pan ddaw ei amser. Uno a wna'r môr, nid gwahanu gwledydd. A'r dewis heddiw, yw naill ai derbyn ein hynysu ganddo, neu godi hwyl i'n cario'n llawen gan y gwynt i'r lle y mynno.

NEST Llawen?

GERALD Ie! Dathlu cynnwrf geni cyfnod newydd. Nid yw'r mileniwm hwn ond canrif oed, a her eich gwlad fach chi fydd bod o hyd pan dderfydd y mileniwm. Ond nid fel Pura Walia. Fe gladdwyd honno yn 'run bedd â'ch tad. Ac o barch i'ch tad y dywedaf hynny. Gŵr glew. Un prin, a haeddai'i alw'n frenin.

NEST Os mynni glod, bydd farw.

Rhydd Nest weddill ei phryd o'r neilltu a chodi o'i chadair.

GERALD Mi gawsoch ddigon.

NEST Hen ddigon.

GERALD O win hefyd?

NEST O wenwyn.

Mae Gerald yn traflyncu'i win ac yn rhuthro i agor y drws i'r cwrt.

GERALD Was! Cwyd y pwdryn! Tyrd â mwy o win!

Mae Gerald yn cau'r drws yn glep.

NEST Peidiwch â dihuno'r plant!

GERALD Mi rown y byd am gael eich dihuno chi. Clywais i chi adrodd eich hen freuddwyd wrth fynd heibio i'r Preselau heddiw. Sôn wrth y bechgyn am eu hewyrth yn Iwerddon. 'Doedd dim taw ar eu holi cyn noswylio. Pam mae'r brawd yn alltud? Pwy fu'n ei erlid? A gwaith go galed fu dadwneud drygioni'ch breuddwyd chi. Sôn amdano'n dod i arwain chwyldro, wir!

NEST Fe ddaw'n ei ôl, ryw ddydd.

GERALD Cachgi'n dod yn arwr? Glynu wrth freuder breuddwyd eto. Er mwyn Duw, dihunwch!

Enter Meilyr yn cario llestr gwin, ei osod ar y ford, a chodi'r llestr gwag.

GERALD Cysga di unwaith eto wrth y drws, ddiogyn, ac mi fydd dy groen di ar y palis!

Try Meilyr i fynd.

GERALD Tyrd yma!

Try Meilyr yn ei ôl a cherdded yn araf at Gerald nes dod o fewn hyd braich iddo. Clywir chwerthin milwyr yn y cwrt.

GERALD Yn nes! I mi gael gweld dy lygaid!

Mae Meilyr yn ufuddhau fel bod y ddau wyneb yn wyneb. Sylla Gerald i lygaid Meilyr.

GERALD Dau benbwl meddw! Â thithau ar wyliadwriaeth! A beth oedd achos y dathlu?

NEST Cyrraedd Cenarth Bychan, ynte, Meilyr?

MEILYR Ie, Arglwyddes.

GERALD Beth am y gweddill? Sawl Seithennyn feddw sy'n hepian wrth y porth?

NEST Na ofidiwch, ni fu cyfeddach. Fi ddwedodd wrth y distain . . .

GERALD Cer ar unwaith at y porth. Gwna'n siŵr bod y gwylwyr ar ddihun! Ac yn sobor! Cer! Ac ercha'r distain i ddod yma.

Exit Meilyr.

NEST Peidiwch â chosbi'ch distain. Fi oedd ar fai, yn cymryd yr awenau yn ôl f'arfer yng Nghaer Rhiw, a chredu fy mod yn cadw trefn ar fy nhŷ fy hun.

GERALD A sut drefn yw honno? Arllwys medd i yddfau'r gweision, a'u troi'n gysgadwyr oll!

NEST Fe garai amryw gysgu gyda fi. Ond ni fûm mor hael â hynny. Mae terfyn ar haelioni menyw.

GERALD Nest ferch Rhys yn cysgu gyda'i gweision? A hithau wedi bod yng ngwely brenin Lloegr? A chlywais si am eni bastard hefyd.

Saib. Ymetyb hi wrth rythu arno.

NEST Fi a brenin Lloegr? Pryd a sut y daeth y stori hon i'ch clustiau?

GERALD Mi laniodd deryn dro yn ôl ym Mhenfro.

NEST Pwy bynnag oedd y deryn, fe'i canmolaf am wreiddioldeb ei ddychymyg.

GERALD Ydych chi'n ei gwadu?

NEST Ei gwadu? O! Na! Ni chlywyd gwell erioed! Stori y byddai hyd yn oed y dewin Gwydion yn hynod falch ohoni! Nest ferch Rhys, a Harri, yn ddau gywely! A geni bastard o'r cymharu! Feiddiwn i ddim â chwalu chwedl mor ddychmygus!

GERALD Nid chwedl mohoni, ond mi fydd eich brad yn chwedl. Cymryd arnoch wisg Cymreictod, ond eich dinoethi'ch hun i'r nwyfwas fyn ddifodi'ch tras. Ildio i frenin Lloegr i foddhau eich nwyd.

NEST 'Ildiais i erioed i undyn! Fe'm treisiwyd i gan ddeuddyn. *(Yn gwenu)* Nid yw o bwys pwy oedd y llall, ond nid y brenin Harri ydoedd. Fe'i henwaf yn Anhysbys, fel mam eich Hubert chi.

Mae Nest yn dechrau esgyn y grisiau cyn troi'n ei hôl . . .

NEST Dyna pam nad oeddwn i yn wyryf nos ein neithior ni.

Clywir lleisiau wrth borth y cwrt. Saif Nest i wrando.

GERALD Ble mae'r distain?

Mae'r lleisiau'n distewi, ond nid yw Nest yn symud. Rhytha Gerald arni.

GERALD Carreg. Un gywrain, ond un galed.

NEST Ac eto, meddech chi, y mae i garreg ei rhinweddau.

GERALD Oes, o'i rhoi'n ei lle priodol.

NEST Boed felly. Priodol fu'n priodas.

Clywir sŵn curo ar y drws.

GERALD I mewn

Enter y Distain.

GERALD O'r diwedd!

DISTAIN F'Arglwydd, mae rhywun wrth y porth, yn mynnu cyfarfod â'r Arglwyddes.

GERALD Pwy?

DISTAIN Tywysog Powys.

GERALD Wyt tithau yn breuddwydio? Faint o fedd a yfaist heno?

DISTAIN Mae'n flin gen i, f'Arglwydd, ond . . .

GERALD Owain ap Cadwgan wrth y porth?

DISTAIN A dau gydymaith.

GERALD Â byddin yn y coed mae'n siŵr. Ydi'r porth yn ddiogel?

DISTAIN Ydi, f'Arglwydd. A phob mur dan wyliadwriaeth.

GERALD Dywed wrth y gwalch am fynd i uffern, neu mi gaiff ei hebrwng bob cam yno!

NEST Na, f'Arglwydd.

Daw Nest i lawr y grisiau. Clywir Angharad yn llefain yn y llofft.

NEST Tri yn unig ddwedaist ti?

DISTAIN Ie, Arglwyddes.

GERALD Ewch i gysuro'ch merch. A cher di at y doethion i ddweud mai ddoe oedd Dydd Nadolig.

NEST Na. Gan bwyll . . .

GERALD Cer!

NEST F'Arglwydd, caniatewch i Owain ddod ar ei ben ei hun.

GERALD Na.

NEST Fedri di warantu fod pobman yn ddiogel?

DISTAIN Medraf, Arglwyddes.

Enter Hawis i ben y grisiau.

HAWIS Maddeuwch i fi, Arglwyddes, ond a ddewch chi at Angharad?

NEST Gofynnwch iddo ildio'i arf.

Exit Hawis yn ddiamynedd.

GERALD Pam yr ysfa am ei weld?

NEST Am ein bod yn perthyn.

GERALD 'Wnaeth yntau honni hynny?

DISTAIN Do, f'Arglwydd.

GERALD Beth yw ystyr 'perthyn' i ddihiryn anwar?

NEST Byddai gwrthod ei groesawu'n weithred anwar.

Try llefain Angharad yn sgrech.

NEST Erfyniaf arnoch, f'Arglwydd. 'Does gennych ddim i'w golli, ond llawer iawn i'w ennill o gael gair ag ef.

HAWIS *(O'r llofft)* Arglwyddes!

Exit Nest i'r llofft.

GERALD Agor y pyrth iddo, ond iddo ef yn unig. A chofia fynd â'i arf.

Try'r Distain i fynd. Mae Angharad yn graddol ymdawelu.

GERALD Na. Gwell fyddai dod â'r ddau gydymaith i mewn hefyd.

DISTAIN I'r neuadd, f'Arglwydd?

GERALD I'r cwrt. Ac wedi dod â'r ap Cadwgan ger fy mron, gwyddost beth i'w wneud.

DISTAIN Y dull arferol, f'Arglwydd?

GERALD Y dull arferol. Ond gofala dagu unrhyw sgrech, rhag aflonyddu 'mhellach ar fy mhlant.

Exit y Distain. Cymer Gerald ddracht o win a chyffwrdd â'i ddagr yn ei wregys. Mae llefain Angharad yn distewi'n llwyr. Yna'n sydyn, fe aflonydda Gerald, rhoi llaw am ei geilliau, a symud at y siambr cyn i guro ar y drws ei atal. Saib fer. Yna, fe glywir curo eilwaith. Fe ddychwel Gerald at y ford.

GERALD I mewn.

Enter y Distain, a'i ddilyn gan Owain.

DISTAIN Tywysog Powys, f'Arglwydd.

Saib. Yna fe amneidia Gerald ar y Distain i fynd allan. Exit y Distain gan gau'r drws.

GERALD Beth yw ystyr hyn?

OWAIN Oni ddwedodd dy ddistain?

GERALD Mi ofynnais gwestiwn.

OWAIN Dod i gyfarch yr Arglwyddes.

GERALD Pam?

OWAIN Am ein bod yn perthyn . . .

GERALD Mi wn i hynny . . .

OWAIN A heb weld ein gilydd ers tro byd.

GERALD Mi wn i hynny hefyd.

OWAIN Sut mae hi?

GERALD Oes gen ti filwyr yr ochr yma i'r afon?

OWAIN Nac oes. Dim ond dau gydymaith.

GERALD Celwydd.

OWAIN Ar fy llw!

Enter Nest i ben y grisiau. Try Owain i syllu arni, heb wrando ar fytheirio Gerald.

GERALD Paid â meiddio codi dy lais! Beth yw ystyr y byrbwylltra hyn? Os nad yn wir, orffwylltra!

Saib. Yna, mae Nest yn disgyn yn osgeiddig araf, a dod at Owain i afael yn ei ddwylo.

NEST Croeso, Owain ap Cadwgan, fy nghyfyrder. *(Saib)* Wel? A gollaist ti dy dafod?

OWAIN Naddo, f'Arglwyddes.

Gesyd Nest ei bys ar ei wefus.

NEST 'Arglwyddes'?

Oeda hi am eiliad cyn symud ei bys, a'i gusanu ar ei ddeurudd. Yna, mae'n ailafael yn ei ddwylo.

NEST Mathrafal. Wyt ti'n cofio?

OWAIN Flynyddoedd maith yn ôl.

Sylwa Nest ar Gerald yn sefyll fel delw.

NEST Beth am estyn gwin i'n gwestai? I roi croeso Nadoligaidd iddo.

GERALD Nid yn ysbryd y Nadolig y daeth y gwalch!

Exit Gerald i'r geudy.

NEST Maddau i'r Arglwydd. Mae ganddo anhwylder cyffredin iawn y canol oed. Arllwyswyd gormodedd gwin i bledren wan!

Chwardd y ddau. Ond yn sydyn, mae gweiddi am ysbaid fer yn y cwrt yn eu rhewi. Yna, fe ymlacia Nest.

NEST Medd ym mhledrenni'r milwyr.

Sylla ef arni'n arllwys gwin i lestr ac yn ei estyn iddo, cyn arllwys gwin i'w llestr ei hun.

NEST Croeso i Genarth Bychan.

Wrth yfed mae'r ddau'n syllu ar ei gilydd, fel petaent yn eu hyfed ei gilydd â'u llygaid.

NEST Colli dy dafod eto?

OWAIN Na. Colli 'mhen.

NEST Peryglus!

OWAIN Pe bawn i'n fardd . . .

NEST 'Does dim angen cerdd. Mae gennyt ddoniau sy'n rhagori ar ddawn yr awen hyd yn oed.

OWAIN Pa rai felly?

NEST Byddai heno yn rhy fyr i'w rhestru!

OWAIN Mi fedr 'heno' fynd yn 'fory'.

NEST Sut?

OWAIN Mi ddof yn f'ôl yfory.

NEST I beth?

OWAIN I agor drysau carchar. *(Saib)* Eich tro chithau rŵan i golli'ch tafod.

NEST Nid yw hyn ond breuddwyd. Fe ddihunaf chwap, a gweld fy ngŵr, yn drwm o win, yn dal i chwyrnu. Heb ddewis ei ddihuno, fe godaf ac a af, i gladdu'r freuddwyd dan fy mron.

OWAIN Wyddwn i ddim . . .

NEST Na? A minnau'n credu y gwyddai Cymru gyfan hanes fy mhriodas i.

OWAIN Wyddwn i ddim eich bod yn fardd.

NEST Na finnau!

OWAIN Chi yw'r awen. Na. Cywiriad. Chi yw Awen.

NEST Gorhoffedd, Owain!

OWAIN Ail gywiriad. Chi yw fy Awen.

NEST Cywiriad arall. Pam fy nghyfarch i â'r 'chi'?

OWAIN Swildod.

NEST Swildod? Prin funud wedi cyrraedd, dweud y gallai heno fynd yn fory yn ein hanes! Ni ddisgynnodd hud ar Ddyfed cyn gyflymed! Pwy wyt ti dywed?

OWAIN Yr Owain a fu'n chwarae efo Nest ers talwm ym Mathrafal. Am wythnos gron yn chwarae yn y llan a'r llys a'r goedlan, tra oedd eu tadau yn gwleidydda.

NEST Gwleidydda? Chwarae plant! *(Saib)* Wyt ti'n cofio'r llithio mewn i'r eglwys i chwarae claddu a phriodi?

OWAIN Y lleddf a'r llon!

NEST Yn gymysg gawl â'i gilydd. Ni fu erioed gladdu digrifach!

OWAIN Byddai claddu ambell un yn ddigri.

NEST Mae priodas ambell un yn drist. *(Saib)* A'r chwarae cŵn a chadno.

OWAIN Chwarae mig a chwarae mwgwd. Heb sôn am chwarae ciwri.

NEST Beth oedd hwnnw?

OWAIN Chwarae cis. Y naill yn ceisio rhedeg heibio heb i'r llall ei gyffwrdd.

NEST Chwarae tic! Chwarae hawdd i'w golli!

OWAIN O! Na chelem chwarae heno!

NEST Ni fynnwn innau redeg.

OWAIN Na minnau.

Enter Gerald a dal Nest yn tynnu'i llaw yn ysgafn dros ysgwydd Owain. Mae'n arllwys gwin iddo'i hun.

GERALD Pwy ddwedodd ein bod ni yma heddiw?

OWAIN Un o bysgod afon Teifi!

Chwardd Owain a Nest. Saib. Rhytha Gerald arnynt.

GERALD Mi gaiff y silcyn fynd â neges at dy dad Cadwgan. Erchi iddo ildio'i afael ar Din Geraint fory, cyn y dof â'm byddin i'w orfodi.

OWAIN Byddin? 'Does gennyt ond dy osgordd fach bersonol yma heno.

GERALD Fi'n unig ŵyr pa bryd y bydd y cyrch. Gwallgofrwydd fyddai datgan wrth y gelyn pa fory fydd dydd barn. Ond cyn sicred â bod dydd yn dilyn nos, mi adferir llywodraeth wâr tu hwnt i Deifi.

OWAIN Dyna'n union yw fy mwriad innau, ond bod fy 'hwnt i Deifi' i'n wahanol i d'un di.

GERALD Byrbwylltra a naïfrwydd mewn un person! Oni bai dy fod ti mor druenus o naïf mi fedrwn dy lindagu. Ond mae pysgotwr da yn lluchio silcyn 'nôl i'r afon.

NEST Tewch â'ch chwarae, y ddau ohonoch.

GERALD Y chwarae ddaeth i ben. Rwy'n rhoi fy nghaniatâd i'r cythraul fynd.

NEST Ar ôl ei fygwth ef a'i dylwyth â dydd barn?

GERALD Haeddiant pawb a rydd ei fys mewn tân.

OWAIN Onid dyna a wnei di wrth ymhonni bod yn frenin Dyfed a Deheubarth? Silcyn geidwad castell Penfro yn ceisio llenwi safle Rhys ap Tewdwr.

NEST Owain!

GERALD Na, Arglwyddes. Gadewch i Dywysog Powys losgi'i fysedd.

OWAIN Rwyt ti'n gastellwr Penfro am dy fod yn ŵr i Nest.

NEST Owain . . .

OWAIN Onid Harri . . .?

Er mwyn ei atal, rhydd Nest ei llaw ar fraich Owain.

GERALD Beth am Harri?

NEST Bydd ddistaw er mwyn Duw!

GERALD Beth sy'n bod, Arglwyddes? Ydi sôn am Harri yn eich aflonyddu chi? Neu hwyrach mai 'cyffroi' yw'r gair priodol. A glywaist tithau'r si am Nest ferch Rhys a'r brenin Harri?

NEST Mae'r cyfan oll yn gelwydd llwyr.

GERALD Wn i ddim ai gwir ai gau yw'r stori. Ond mae ei gwyntyllu bob amser yn ddifyrrwch, fel unrhyw sgandal dda o'r llys brenhinol. 'Ddaeth y swae i Bowys am y plentyn hefyd? Am y bastard bach?

OWAIN Cynllwyn i ddifrïo tras Dinefwr ydoedd hwnnw.

GERALD Gan bwy?

OWAIN Pwy arall ond y gelyn?

GERALD A phwy yw dy elyn di?

OWAIN Gelyn Cymru.

GERALD Cymru? Ble mae honno?

OWAIN Ym mêr fy esgyrn i.

GERALD Bwyd i gŵn yw hwnnw, gyfaill. Ond dywed, ble arall mae dy Gymru di? Ym Mhowys? A beth am Wynedd a Morgannwg a Deheubarth? Heb sôn am Geredigion a Brycheiniog.

OWAIN Mae Ceredigion yn rhan o Bowys erbyn hyn.

GERALD Mae Cenarth Bychan yn orlawn o freuddwydion heno! Gwrando, gyfaill. Yr unig un a all uno Cymru dy freuddwydion di yw'r brenin Harri. Ac oni bai am y cyrch yn Normandi, mi fyddai wedi dod â'i fyddin, nid yn unig i uno dy Gymru fach, ond i'w huno hi â Lloegr hefyd.

OWAIN Byddaf farw cyn y digwydd hynny.

GERALD Mi fyddi farw'n ifanc felly! *(Saib)* A pham na ddylai hynny ddigwydd heno? *(Saib)* Tyrd! Pam na ddylwn i dy luchio 'nôl yn gelain i afon Teifi? 'Glywaist ti am geudy newydd Cenarth Bychan? Mi allai fod o ddefnydd hylaw i mi heno! Gwn y byddai hynny'n llygru'r afon, ond mi fyddai'r pris yn werth ei dalu am gael gwared ar lygredd is na chachu.

Saib. Cymer Gerald ddracht o win wrth gilwenu ar Nest ac Owain yn cydsefyll fel delwau llonydd.

GERALD Mae dy fyrbwylltra di'n anhygoel! Druain o'r mynachod! Mor anodd fydd cofnodi'r hanes, ac argyhoeddi'r cenedlaethau i hyn ddigwydd mewn gwirionedd. Ap Cadwgan yn mentro i Genarth Bychan heb ei fyddin! Ŵyr dy dad am dy afradlonedd?

NEST F'Arglwydd, arnaf fi mae'r cyfrifoldeb. Fi a'ch perswadiodd chi i agor porth y gaer i Owain, ar yr amod iddo ddod mewn heddwch, a'i fod yn ildio'i arf.

GERALD Fy amod i oedd honno.

NEST Fe'i cadwodd hi.

GERALD 'Doedd dim dewis gan y cnaf!

NEST Ond f'Arglwydd . . .

OWAIN Nest, na thraffertha geisio . . .

GERALD O! Mi ddoist o hyd i'th dafod. Rwy'n dal i ddisgwyl clywed pam na ddylwn dy chwarteru heno. Mi fyddai hynny'n hwyluso'r lluchio i lawr y geudy.

NEST Mae'r rheswm yn un amlwg.

GERALD Nid i chi mae'r cwestiwn. Ac oni fyddai'n well pe baech yn symud gam oddi wrtho, rhag ofn i ddrewdod oer ei chwys gosi blew eich ffroenau? Craffwch arno. Mae llwydni angau ar ei ruddiau. Y cyfyrder bach a gamodd dros y trothwy fel llew llidiog, erbyn hyn fel oen yn clywed drewdod gwaed y lladdfa. *(Saib)* Wel? Rho di dy reswm imi dros dy ollwng. Mi wnawn ffafr fawr â Dyfed a Deheubarth pe'u gwaredwn rhag eu harwain ar ddisberod gan dy derfysg.

OWAIN Beth am derfysg dy lywodraeth di?

GERALD Gwrtheb diarhebol chwyldroadwr! Ni ellir byth cyhuddo llywodraeth o derfysgaeth.

OWAIN Beth ond terfysgaeth yw goresgyn gwledydd gan wlad arall? Beth yw lledu ymerodraeth? A gwladychu'r Fflemin yn Ne Penfro? Neu osod Norman maes o law yn esgob yn Nhŷ Ddewi?

GERALD Rhestra di dy ystrydebau . . .

OWAIN Beth oedd priodi Nest gan Norman? Na, nid ei phriodi, ond ei threisio.

NEST Bydd ddistaw, Owain!

OWAIN Plant terfysgaeth yw dy epil di!

GERALD Ddistain!

Saib. Rhydd Gerald ei law ar ei ddagr.

GERALD Ddistain!

Enter y Distain.

GERALD Y ddau gydymaith. Beth yw eu hanes erbyn hyn?

Mae'r Distain yn llygadu Nest ac Owain.

GERALD Tyrd!

DISTAIN Eu hanes, f'Arglwydd?

GERALD Y dull arferol?

DISTAIN Ie, f'Arglwydd.

GERALD Da was! 'Chlywais i 'run sgrech. Glywsoch chi?

Mae Owain yn ymosod ar Gerald, a'r Distain yn ceisio'i atal.

GERALD Was! Was!

Enter Meilyr.

GERALD Helpa'r Distain!

Mae Meilyr yn ufuddhau ac fe drechir Owain a'i fwrw i'r llawr.

GERALD Ymaith ag ef!

NEST Na!

GERALD Ewch! Ewch ag ef o 'ngolwg i!

DISTAIN I ble, f'Arglwydd?

GERALD At y cŵn a'r brain!

Fe godir Owain o'r llawr.

NEST Na! Na, f'Arglwydd!

GERALD Na, cyn hynny caf innau'r pleser o dorri'r cig ar gyfer awr eu gwledda. Gan fod y brain yn clwydo tan y wawr, a chan nad yw'r cŵn ar eu cythlwng heno, mi gei bydru yn dy gell am noson, i ti gael amser i ddifaru d'enaid am fod mor fyrbwyll. Ond fory, gyfaill . . .

OWAIN Os lleddir fi . . .

Saib.

GERALD Ie?

OWAIN Os lleddir fi, bydd Cymru oll ar dân.

GERALD Cymru? Pryd ddeëlli di nad yw honno'n bod?

OWAIN Mi fydd hi'n bod.

GERALD O! Trwy dy farw di y'i genir hi! Ai dyna a ddywedi? Glywsoch chi? Ni fu erioed neb tebyg dan eich dwylo. Er mwyn Duw, gafaelwch ynddo'n dynn. Cofleidiwch ef yn gadarn, gan mai hwn fydd Y Meseia. Cystal iddo'i alw'i hun yn frenin yr Iddewon hefyd! Mae taer angen eu crynhoi o'u Diaspora! Ond achub Cymru fach sy'n gwasgu gyntaf. Pwy fyddi di pan ddoi di'n d'ôl? Arthur, neu Rodri Fawr? Hywel Dda efallai!

NEST Mor agos at y gwir yw'ch cellwair, f'Arglwydd.

GERALD Nest ferch Rhys! Maddeuwch imi am beidio â rhestru Rhys ap Tewdwr ymhlith y mawrion. Ond rwy'n amau a ddewisai eich cyfyrder ddod yn ei ôl i fod yn fasal i Goron Lloegr. Gwir?

NEST Oni wynebwch chithau'r gwir, fe'ch difodir chi â'ch cledd eich hun. Byddai lladd Tywysog Powys yn creu chwyldro o Wynedd i Ddeheubarth. Dod â Gwynedd a Phowys dan un faner, i ymladd rhyfel y dialedd eithaf. Fe fanteisiai Gruffudd ar ei gyfle, a dod â'i fyddin o Wyddelod i ymladd achos Cymru.

GERALD Oni fyddai hynny'n eich boddhau, Arglwyddes? Dyna'ch breuddwyd yn gynharach heno. Byw i'r dydd pan fyddai'ch brawd yn arwain y gwrthryfel.

NEST Ni ddaeth ei amser eto.

GERALD O! Mae achub eich cyfyrder yn bwysicach na rhoi achos da i'ch brawd feddiannu'i etifeddiaeth!

NEST Nid dyna'r dewis.

GERALD Beth arall?

OWAIN Paid â gadael iddo dy gornelu, Nest. Mi feddwodd gymaint ar ei glyfrwch, fel nad oes . . .

NEST Bydd ddistaw!

Mae Gerald yn dyrnu Owain yn ei fola cyn tynnu'i ddagr a byseddu'i awch.

GERALD Tan fory. *À demain.* I'r gell ag ef!

Mae'r Distain a Meilyr yn llusgo Owain allan. Fe geisia Nest eu dilyn ond fe'i rhwystrir yn egnïol gan Gerald nes ei thaflu a tharo ei phenelin ar y llawr. Mae Gerald yn cau'r drws cyn arllwys gwin. Enter Hawis i ben y grisiau a disgyn ar ras at Nest.

HAWIS Arglwyddes!

GERALD Cer o 'ngolwg i!

Mae Hawis yn helpu Nest i'w chadair.

NEST Cer di, Hawis.

HAWIS Chi'n siŵr?

NEST Ydw.

HAWIS Mae Angharad wedi mynd i drymgwsg erbyn hyn.

NEST Diolch. Nos da.

HAWIS Nos da, Arglwyddes.

Exit Hawis. Saib hir. Mae Nest yn syllu'n ddirmygus ar Gerald yn ymosod ar asgwrn, yn pecial ac yn sychu'i weflau â chefn ei law.

GERALD Pam na fedrwch chi fy ngharu? *(Saib)* Dewch. Mae gan ŵr yr hawl i wybod. Diolch i drefn rhagluniaeth, mae fy meibion yn fy ngharu. Ym Mhenfro, adeg defod ein noswylio, mi brofwn ni eiliadau dwfn o gariad. A nodd y cariad hwnnw yw'r gwaed cyffredin rhyngom. Fy ngwaed innau a'u gwaed hwythau, un llif, un afon ydyw. Un wythïen yn rhedeg yn ddi-dor o gnawd i gnawd, o'm tadau a'm cyndeidiau, i lawr i'w hwyrion a'u gorwyrion hwythau. Ond ni red gwythïen debyg rhwng gŵr a gwraig. Beth wedyn ydyw natur cariad . . .?

NEST Alla' i ddim â chredu hyn.

GERALD Credu beth?

NEST Eich bod yn trafod ein priodas, a chithau newydd fygwth lladd fy nghyfyrder. Ac wedi lladd y ddau gydymaith! Wyddoch chi ganlyniad hyn? Bydd y brenin Harri yn gynddeiriog pan dynnwch chi gynddaredd Cymru gyfan ar eich pen. Gallai hynny ei orfodi i ddod â'i fyddin yma, a pheri iddo golli Normandi. Ydych chi am ysgwyddo'r cyfrifoldeb hwnnw? *(Saib)* Atebwch fi!

GERALD Mi gawn sylw gan haneswyr y dyfodol.

NEST Peidiwch â gwamalu!

GERALD Ers pryd mae gofid arnoch chi am dynged Normandi?

NEST Nid dyna 'ngofid. Ceisio'ch rhwystro chi rhag carlamu dros y dibyn . . .

GERALD Nest ferch Rhys yn gofidio amdanaf fi?

NEST Beth am eich meibion? Anghofiwch am Angharad ac amdanaf innau . . .

GERALD Beth bynnag fyddai 'nhynged i, ni fyddai gennych chithau ddim i'w ofni.

NEST Sut hynny?

GERALD Dewch nawr, â chithau'n ward i'r brenin Harri ar y naill law, ac yn perthyn i gyff Cadwgan ar y llall. Lloegr a Chymru yn eich ymgeleddu! Safle breintiedig iawn, Arglwyddes. Mae hi'n nefoedd ar y ddaear ar y Dywysoges Nest!

NEST Os mentrwch chi dynnu uffern ar eich pen, fe fydd hi'n uffern arnaf innau. *(Saib)* Cofiwch fod gennyf frawd yn alltud yn Armorica. Mae Hywel heb lygaid a heb geilliau o achos cynddaredd gelyn, am ei fod yn fab i'w dad. Petaech yn cynddeiriogi tywysogion Cymru, heb sôn am Harri, efallai y byddai'ch meibion chithau yn eunuchiaid dall.

GERALD Na.

NEST Sut gallwch chi warantu hynny?

GERALD Chi yw 'ngwarant i, Arglwyddes. Chi yw gobaith gorau'r meibion. Mi fedrech fod yn gaer amdanynt.

NEST Sut alla' i fod, â chithau wedi'u dwyn oddi arnaf? Fe'u cipiwyd i gaer arall, i'w magu fel dau Norman.

GERALD Ganwaith gwell na'u codi'n ddau Gadwgan!

Saib hir. Mae Gerald yn newid asgwrn ac yn yfed dracht o win. Yna, fe wna Nest benderfyniad. Daw at y ford i godi'i llestr gwin, ac yn fwriadol, er mor wrthun ganddi, fe saif yn ymyl Gerald. Mae hi'n hanner cefnu arno er mwyn rhoi cyfle iddo edrych arni. Fe'i denir ef i syllu'n awchus ar ei chefn, o'i chorun i'w sawdl. Yna, ar ôl gollwng ei lestr, fe esyd ei law seimllyd ar ei hysgwydd gan beri iddi rewi am eiliad cyn iddi benderfynu cuddio'i hymdeimlad o ffieidd-dod a gadael i'w law ei mwytho.

GERALD Oes rhaid i ni . . .?

NEST Beth?

GERALD Ymladd â'n gilydd.

Fe dry'n araf ato, ac wedi cymryd ei asgwrn a'i ollwng ar y ford, mae hi'n gafael mewn cadach ac yn sychu ei ddwylo seimllyd. Yna, mae hi'n sychu'i wefusau cyn gosod y cadach o'r neilltu. Wedyn, fe gwyd lestr gwin at ei wefusau, ac fe yf ef ddracht ohono. Yna fe yf hithau ddracht o'r un llestr.

NEST I brofi nad oes gwenwyn ynddo.

Gesyd Nest y llestr o'r neilltu.

NEST Mae'n bryd i ni noswylio.

Mae hi'n llithro'i dwylo dros ei gorff. Yn sydyn, mae ef yn gafael yn arw ynddi, ond gyda'r un sydynrwydd, mae hi'n ymryddhau o'i afael.

NEST Na, f'Arglwydd. Nid treisio fydd ein caru heno. Nid trais, ond rhoi a chael tynerwch. Os caf fy ffordd, f'Arglwydd, nid i uffern yr af â chi, ond at byrth y nefoedd.

Gesyd Nest ei llaw yn ysgafn ar ei geilliau cyn mynd i'r siambr. Ochneidia'n ddistaw cyn dod yn ei hôl i ffrâm y drws i'w harddangos ei hun yn awgrymog erotig fel llun olew. Saif Gerald gan syllu arni.

NEST F'Arglwydd, beth fydd enw'r parc?

Daw ef ati. Mae hi'n codi'i law at ei bronnau.

NEST Parc Y Danas? *(Saib)* Parc Yr Iwrch?

GERALD Na. Parc Nest.

Try Nest i mewn i'r siambr. Ar ôl ysbaid, mae ef yn ei dilyn a syllu arni'n eistedd ar y gwely yn dechrau agor botymau'i gwisg. Yn sydyn, exit Gerald i'r geudy. Mae hi'n peidio â dadwisgo, yn newid ei hymarweddiad ac yn rhoi ochenaid hir. Mae hi'n byseddu ei phenelin. Clywir ci yn udo . . .

ACT 2

GOLYGFA 1

Trannoeth, ar ôl swper. Mae Meilyr wrthi'n clirio'r gwarged o'r ford yn y neuadd ac yn cario coed tân. O dro i dro, saif i edrych i gyfeiriad y siambr, lle mae Hawis wrthi'n helpu Nest i dynnu'i gwisg felfed borffor. Am ysbaid, fe welwn gefn noethlymun Nest cyn i Hawis ei helpu i wisgo gwisg o sidan gwyn. Wrth roi'r wisg borffor o'r neilltu fe sylwa Hawis ar Nest yn byseddu clais ar ei phenelin yn dyner, ofalus . . .

HAWIS Bydd y sidan gwyn yn cuddio'r clais.

Mae Hawis yn cymhennu llawes y wisg.

NEST A chuddio fy nerfusrwydd?

HAWIS Arglwyddes? . . . Na. Bydd ddistaw Hawis.

NEST Na. Gofyn di.

Saib. Mae Hawis yn dechrau cribo gwallt Nest.

HAWIS Beth fydd diwedd stori heno?

NEST Beth fydd ei dechrau?

HAWIS Ond mae hwnnw'n berffaith eglur.

NEST Ydi. Dod i agor drysau carchar oedd addewid Owain neithiwr. A heno, dod i dalu dyled hefyd, oherwydd fi agorodd ddrws ei garchar yntau.

HAWIS Ond beth sy'n digwydd wedyn?

NEST Dwylo'r duwiau, Hawis. *(Saib)* Bydd fy ngŵr yn siŵr o sylwi. Mae gwisgo hon fel canu clychau. Chwifio baner . . .

HAWIS Ond beth fydd gan y duwiau . . .? Na. Bydd ddistaw Hawis.

NEST Y duwiau?

HAWIS Ar fy nghyfer i. Os ewch chi gydag Owain heno . . .

NEST Maddau i fi! Dyna oedd dy gwestiwn? Wrth gwrs y byddi di'n dod gyda ni. Ble arall elet ti? Paid ag amau fy nheyrngarwch i ti.

HAWIS Ond beth os bydd gan Owain forwyn arall ar eich cyfer ym Mathrafal?

NEST Morwyn arall? Hawis fach, mae'r Dywysoges Nest wedi gorfod meithrin dawn cenawes i drechu ambell gadno. Crefft anghenraid i fenywod. Celfyddyd sy'n rhoi rhyddid inni. Rhyddid i ddewis y trywydd fynnwn ni trwy fyd sy'n cael ei reibio gan gadnoid o hyd.

HAWIS Ond mae dechrau'r trywydd i minnau ac i chithau mor wahanol. Plas Dinefwr oedd hi yn eich hanes chi. A'ch geni'n dywysoges. Aelwyd lom caethwasiaeth yng nghysgod yr hen blas oedd dechrau'r daith i fi. Felly, nid 'run ystyr sydd i 'ryddid' nac i 'ddewis' yn ein hanes ni. 'Ble arall elet ti?' meddech chi. Yn union.

NEST Ai cwyn yw hon yn f'erbyn i?

HAWIS Nage, Arglwyddes! Nage! Y drefn. Y drefn yw'r drwg!

NEST Fydd dim newid ar y drefn.

HAWIS Na fydd. A thra bydd plas, fe fydd ei gysgod.

NEST Pe difodid y palasau, beth ddelai wedyn?

Daw Meilyr i guro ar ddrws y siambr.

NEST I mewn.

Enter Meilyr.

MEILYR Fyddwch chi f'angen eto heno?

NEST Na fyddaf. Ble mae'r Arglwydd?

MEILYR Yn y cwrt, f'Arglwyddes.

NEST 'Wnest ti ddod â mwy o win?

MEILYR Naddo, Arglwyddes.

NEST 'Wnest ti'm gweld bod angen mwy?

MEILYR Mae'n flin gen i, Arglwyddes.

Exit Meilyr trwy'r neuadd i'r cwrt.

NEST Meilyr druan! Fe fydd fel arfer yn cyflawni'i waith heb i fi orfod gofyn dim iddo!

HAWIS Bydd . . . yng Nghaer Rhiw. *(Saib)* A beth fydd tynged Meilyr heno?

NEST Bydd angen gofal ar Gaer Rhiw. *(Saib)* Wyt ti'n credu 'mod i'n wallgo? Dyna fyddai barn fy mam. Ni ddeallai'r hyn sy'n corddi'i merch.

HAWIS Sut gwyddoch chi? Fe'i colloch chi hi'n ifanc.

NEST Fe'i cofiaf, Hawis.

HAWIS Cof plentyn. Ond sut gwyddoch chi na allai gydymdeimlo â chi heno? Na fyddai hi'n eich annog i gymryd yr awenau? *(Saib)* Ga' i siarad drosti? Ydych chi'n sylweddoli 'mod i'n ddigon hen i fod yn fam i chi? Ers degawd bellach, fe'ch gwelais yn dioddef cam. Os daw'r cyfle heno, cymerwch chi'r awenau.

Mae Nest yn gafael yn dynn ynddi. Daw Meilyr i'r neuadd i osod llestr gwin ar y ford ac wedyn mae'n mynd allan.

NEST Gwin! Dere i'w rannu!

Daw Nest a Hawis i'r neuadd. Mae Hawis yn arllwys gwin i lestr ac yn ei roi i Nest.

NEST A thithau.

Gesyd Nest ei llestr hi o'r neilltu cyn arllwys gwin i lestr arall a'i estyn i Hawis.

HAWIS Diolch.

NEST Hawis fach! Mae hyn yn wallgo! Gwallgofrwydd oedd dyfodiad Owain yma neithiwr.

HAWIS Yr un gwallgofrwydd fydd i'w ailddyfodiad felly!

NEST Gwallgofrwydd gwych!

Clywant gân leddf offeryn chwyth yn y cwrt.

NEST Meilyr, druan. Heno eto mae ei dôn yn lleddf. Ai tôn broffwydol yw hi?

HAWIS Yn rhagweld beth, f'Arglwyddes?

NEST Na ddaw e ddim.

HAWIS I'r gwrthwyneb ddwedwn i! Rhagweld y bydd yn dod y mae Meilyr!

Saib. Mae Nest yn syllu arni.

HAWIS Bydd ddistaw Hawis!

Saib. Mae'r ddwy'n dal llygaid ei gilydd. Yna, fe gwyd Hawis ei llestr, ac ar ôl eiliad, hithau Nest yr un modd.

NEST I wallgofrwydd!

Yf y ddwy ddiferyn. Mae'r ddwy'n chwerthin fel merched bach drygionus ac ni sylwant fod tôn Meilyr yn distewi'n sydyn. Enter Gerald, braidd yn feddw, â'i lestr gwin yn ei law. Rhytha arnynt am ysbaid, a chan bwyll bach fe beidia'u chwerthin. Mae Gerald yn cau'r drws.

NEST Fy Arglwydd Gerallt o Windsor. Hawddamor, Geidwad Meddw Castell Penfro!

Mae Gerald yn arllwys gwin.

GERALD *(Wrth Hawis)* Cer i dy wely.

NEST Mae hi'n rhy gynnar eto.

GERALD *(Wrth Hawis)* Cer!

NEST Fy newis i yw dweud wrth Hawis pryd i fynd a dod. Roedden ni ar ganol trafod.

GERALD O! Maddeuwch imi am dorri ar eich traws. Syrthiaf ar fy mai,

Arglwyddes, ond mi gredais fod hawl gen i i ddod trwy'r drws heb ofyn caniatâd. Pam wnes i gredu hynny, dwedwch?

NEST Oes gwallgofrwydd yn eich llinach chi?

Saib. Mae Gerald yn syllu arni . . .

GERALD Beth sydd wedi digwydd heno? Pam ailwisgo wedi swper?

NEST A! Arwydd o wallgofrwydd! Ailwisgo wedi swper! *(Wrth Hawis)* Mae'n bosib fod yr Arglwydd wedi taro ar wirionedd pwysig iawn fan hyn. *(Wrth Gerald)* Wel? Ydw i'n gwallgofi, f'Arglwydd? Petawn i'n dal i wisgo'r melfed porffor, fyddech chi'n ystyried 'mod i'n fenyw gytbwys? Â minnau, druan, yn fy sidan gwyn, ydw i'n anghytbwys, wallgo? *(Saib)* Mae'r Arglwydd syfrdan yn ystyried. Ond beth petawn yn mentro 'mhellach, a dechrau gwneud i'r sidan ddawnsio?

Mae Nest yn hymian canu, ac yn dechrau dawnsio dawns erotig wrth dynnu'i dwylo dros ei chorff . . .

NEST *(Wrth Hawis)* Galw Meilyr i gyfeilio.

GERALD Na!

NEST Fy morwyn i yw Hawis. Fy ngwas bach i yw Meilyr.

Mae Nest yn hymian eto wrth barhau i ddawnsio.

GERALD Nid yng Nghenarth Bychan. *(Wrth Hawis)* Cer i dy wely!

NEST O! Dewch, f'Arglwydd. Nid yw'r nos ond ifanc eto. Beth am alw pawb i'r neuadd? Mae Nest ferch Rhys yn ysu am gyfeddach!

GERALD *(Wrth Hawis)* Cer â hi i'w gwely!

Yn sydyn, mae Nest yn agor y drws ac yn dawnsio trwyddo . . .

NEST Meilyr! Dere i ddawnsio!

Clywir Nest yn hymian yn y cwrt.

GERALD Fedri di esbonio hyn?

Mae Gerald yn cau'r drws.

GERALD Beth yw ystyr yr ailwisgo?

Try Hawis i fynd.

GERALD Ateb, forwyn!

HAWIS Cyfrinach yw hi, rhyngof fi a'r feistres.

GERALD Rhanna'r gyfrinach! Neu dderbyn dy gosb.

HAWIS Derbyn fy nghosb neu golli ymddiriedaeth yr Arglwyddes. Ai dyna'r dewis?

GERALD Dewis? Does dim dewis gen ti, forwyn!

HAWIS Bod yn forwyn iddi fu fy mywyd i. Os collaf ei hymddiriedaeth fe gollaf holl bwrpas byw.

GERALD Mi gei di ddod i Benfro i ofalu am fy meibion. Mae angen mam ar David ac yntau ond yn dair blwydd oed.

HAWIS Pedair, f'Arglwydd.

GERALD Mi fethodd ddod oherwydd salwch. Dolur rhydd.

Mae Gerald yn drachtio mwy o win, a Hawis yn anelu at y grisiau . . .

GERALD Forwyn! I ble'r ei di?

HAWIS I'r gwely.

GERALD Aros di fan hyn!

Mae Hawis yn petruso . . . mae Gerald yn mynd ati i afael yn ei braich a'i throi'r tu cefn iddi nes peri iddi wingo . . .

GERALD Yr ailwisgo wedi swper! Y sidan gwyn. A'r dawnsio gyda'i gwas!

HAWIS Agorodd ei chalon i fi heno.

Mae Gerald yn rhyddhau ei afael.

HAWIS Fe wyddwn am y flwyddyn hesb fu rhyngoch. Am y pellter rhwng Penfro a Chaer Rhiw. Ond heno y datgelodd hi wir erchylltra'r hirlwm hwnnw. Mae blwyddyn gron yn amser hir i wraig sy'n dal yn ifanc ac mor hardd, f'Arglwydd.

GERALD Ei dewis hi oedd encilio i Gaer Rhiw. *(Saib)* Hirlwm? Ga' i d'atgoffa di fod gennym bedwar plentyn?

Clywir ci yn cyfarth yn y cwrt.

HAWIS Nid peiriant i genhedlu plant mo gwraig.

GERALD Mae hi'n fam! Onid dyna uchelgais unrhyw wraig?

HAWIS Gwraig yw hi sy'n ysu am ddigoni nwyd ei chnawd.

GERALD Fe'i digonwyd neithiwr!

HAWIS Wn i ddim am neithiwr. Mae'n ymhŵedd am gael ei charu, ac am y cyfle i garu nôl.

GERALD Dyna neges y wisg sidan?

Clywir lleisiau yn y cwrt a chŵn yn cyfarth.

HAWIS Ie.

GERALD Beth yw'r cynnwrf . . .?

Mae curo ar y drws.

GERALD I mewn!

Enter y Distain, yn ymladd am ei wynt . . .

DISTAIN F'Arglwydd, mae cennad Owain ap Cadwgan wrth y porth yn honni bod y gaer dan warchae. Deucant yn llechu yn y goedwig, yn barod i ymosod.

GERALD Beth?

HAWIS Ble mae'r Arglwyddes?

DISTAIN Yn y cwrt roedd hi, ond . . .

GERALD . . . Ble mae hi nawr?

DISTAIN Wn i ddim, f'Arglwydd.

Mae Hawis yn anelu at fynd allan, ond mae Nest yn cwrdd â hi yn y drws . . .

GERALD *(Wrth y Distain)* Cer yn d'ôl at y cennad cadno a dywed wrtho . . . Na. Mi ddof fy hun.

Exit y Distain. Ar ei ffordd allan, fe saif Gerald wyneb yn wyneb â Nest am eiliad a chyffwrdd â'i gwisg sidan, cyn mynd allan a chau'r drws. Ar ôl eiliad o betruso yn edrych ar y drws, y mae Nest yn mynd i freichiau Hawis.

NEST Nid breuddwyd oedd hi, Hawis! Fe gadwodd f'Owain i ei air!

Yn sydyn, mae Nest yn ymryddhau ac yn brysio i arllwys gwin i'w llestr. Fe sylwa Nest ar Hawis yn syllu arni.

NEST Beth sy'n bod? Pam rhythu arna' i? Fi ac Owain biau heno! Bydd rhaid i'r Arglwydd ildio. Deuddeg yn gwrthsefyll deucant? *(Saib)* Wyddost ti beth wnes i nawr? Dringo tŵr y de i chwilio am y goedwig llygaid. Gweld na chlywed dim, dim ond yr awel yn cosi'r coed i chwerthin trwy eu dail. A wyddost ti beth wnes i wedyn? Rhoi un chwerthiniad distaw bach yn ôl, a sibrwd gweddi o ddiolch am gael bod yn fyw!

Mae Nest yn arllwys gwin i lestr, a'i osod yn llaw Hawis.

NEST Dere! Rhanna'r eiliad lawen. Ti yw'r unig un all ddathlu gyda fi. Ac eithrio Meilyr druan. Ond mae hwnnw wedi'i alw i wylio tŵr y de, er nad oes ganddo glem ar ddal ei gledd, heb sôn am ei ddefnyddio! O! Gobeithio na chaiff niwed.

HAWIS Na neb arall.

NEST Beth yw dy ofid di?

Enter Gerald. Clywir Angharad yn llefain. Exit Hawis i'r llofft.

GERALD Mae'r gaer dan warchae!

Mae Gerald yn arllwys gwin i'w lestr ac yn cymryd dracht. Mae Angharad yn tawelu.

GERALD Byddaf innau'n destun gwawd am fod mor ddall. Pam wnes i ildio i chi neithiwr?

NEST Am ba ildio y soniwch chi, f'Arglwydd?

Mae Gerald yn edrych arni ac yn cymryd dracht arall trwm o win . . .

NEST Cawsoch eich boddhau.

GERALD Do, a chithau, yn ôl eich morwyn.

NEST Fe ddwedodd Hawis hynny?

GERALD Do, dan bwysau. Onid dyna neges y wisg sidan?

Er mor wrthun ganddi, mae hi'n gadael iddo fyseddu'r wisg.

GERALD Mae gennych forwyn i'w rhyfeddu a'i ffyddlondeb fel y graig. *(Saib)* Pan ddaw'r storom hon i ben . . .

NEST F'Arglwydd, mae'r gaer dan warchae.

GERALD Deuddeg yn erbyn deucant. A gŵyr y cadno hynny, ar ôl bod yma neithiwr. Pam wnes i ildio i ryddhau y gwalch?

Saib. Mae Gerald yn drachtio mwy o win, ac mae Nest yn ail-lenwi ei lestr ef . . .

GERALD 'Does ond bwyd ar gyfer tridiau! Fy mwriad i oedd bwrw'r Sul ym Mhenfro.

Mae Gerald yn drachtio'r gwin yn drwm . . .

NEST Gall hynny fod yn bosibl o hyd.

GERALD Ond sut, Arglwyddes? Sut?

NEST Un ffordd yn unig sydd i dorri'r gwarchae. Rhaid codi byddin i ymosod ar y deucant.

GERALD Gresyn na fyddai tri chant Catraeth ar gael o hyd! Hyd yn oed â'r rheiny'n feddw!

NEST Peidiwch â gwamalu, f'Arglwydd!

GERALD O ble mae codi byddin?

NEST O Gemaes, Nanhyfer, Eglwyswrw . . .

GERALD Ond cawsom ein hamgylchynu'n llwyr! Deallwch hynny, er mwyn Duw!

NEST Mae 'na ffordd.

GERALD Beth? Fu'r ap Cadwgan mor garedig â gadael bwlch ymwared i ni?

NEST Mae 'na fwlch.

GERALD Ymhle?

NEST Y geudy.

Saib. Mae Gerald yn drachtio'i win ac fe rydd Nest ragor yn ei lestr.

NEST Dyna'r unig waredigaeth, f'Arglwydd.

GERALD Y geudy . . .

NEST Oes ffordd arall?

Saib. Yna fe â Gerald at y drws.

GERALD Bydd angen dewis dau i fynd.

NEST Gan bwyll. Dylech chithau fod yn un o'r ddau.

GERALD Fi? Mae f'angen i. Mae angen y de Windsor yma'n fwy na neb.

NEST Ond beth yw bwriad Owain wrth ddod yma heno? Dial y lladd neithiwr. A'i uchelgais pennaf yw eich lladd chi.

GERALD Ydych chi'n fy nghymell i fod yn gachgi?

NEST Na. I fod yn gadno.

GERALD Gadael y gaer? Gadael y plant . . .? A'ch gadael chithau?

NEST Petai Owain yn ymosod, ni feiddiai fy niweidio i, na'r plant.

Clywir curo ar y drws.

GERALD I mewn!

Enter y Distain.

DISTAIN Mae ystwyrian yn y goedwig, f'Arglwydd. Bydd ymosod cyn bo hir. Mae'n ddyletswydd arnaf i'ch rhybuddio nad oes gennym unrhyw obaith i amddiffyn.

NEST Ewch eich dau y foment hon!

Mae'r Distain yn edrych arni mewn penbleth.

NEST Trwy'r geudy.

DISTAIN Beth, f'Arglwyddes?

GERALD *(Wrth y Distain)* Ercha'r forwyn i ddihuno'r plant, a'u gwisgo.

NEST Gwallgofrwydd fyddai hynny! Unwaith y gwelai Owain y lle'n wag, fe yrrai filwyr fel bytheiaid ar ein hôl. Ewch! Nawr! Ar unwaith!

Mae Gerald yn byseddu'i gwisg.

GERALD Dof yn f'ôl yfory i ladd y gwalch. A chofiwch beth 'rwyf newydd ddweud. Pan ddown trwy'r storom hon . . .

Rhydd Nest gusan ysgafn i Gerald.

NEST Ewch!

Exit Gerald yn sigledig i'r siambr . . .

GERALD Pan ddown trwy'r storom hon . . .

NEST *(Wrth y Distain)* Ar ei ôl!

Yn sydyn, mae Gerald yn baglu nes syrthio dros y gwely a gollwng ei lestr gwin. Mae'n rhegi . . .

GERALD Pura Walia!

NEST *(Wrth y Distain)* Cer i'w godi.

DISTAIN Gwallgofrwydd llwyr yw hyn, Arglwyddes!

NEST Cer!

Exit y Distain yn anfoddog i'r siambr, a'i ddilyn gan Nest. Fe ddeil Gerald i orwedd ar y gwely.

DISTAIN Dowch, f'Arglwydd.

Mae'r Distain yn gafael yn Gerald ac yn dechrau ei lusgo o'r gwely. Yn sydyn, mae Gerald yn ei atal . . .

GERALD Paid! Mi a af yn fy nerth fy hun.

Fe gwyd Gerald yn sigledig ar ei draed, ac edrych ar y Distain.

GERALD Wyt ti'n feddw?

Mae'r Distain yn gafael ym mraich Gerald ac yn ei arwain at y llenni. Fe dry Gerald ato eto.

GERALD Wyddost ti ble mae Pura Walia?

NEST *(Wrth y Distain)* Lawr y geudy!

Mae Gerald yn chwerthin yn afreolus a'r Distain yn gorfod ei ddal rhag syrthio.

GERALD Gwych, Arglwyddes! Gwych!

Mae'r Distain yn arwain Gerald at y llenni . . .

GERALD Aeth Pura Walia lawr y geudy!

Exit Gerald a'r Distain . . .

GERALD Fel dolur rhydd! I'r Iddewon, diaspora! I'r Cymry, *diarrhoea*!

Fe ddaw chwerthin Gerald i ben yn sydyn . . .

GERALD Beth ti'n 'neud!?

Fe glywir y Distain yn tuchan . . . ac yna un waedd hir gan Gerald wrth iddo ddisgyn trwy'r geudy . . .

GERALD Y — ch! . . . *Merde*! . . . Y-c-h-a-f-i-i-i-i!

ACT 2

GOLYGFA 2

Ymhen rhai munudau. Mae Meilyr yn cario cleddyf.

NEST Cer i agor y porth.

Nid yw Meilyr yn symud . . .

NEST Meilyr? Wnest ti fy neall i?

MEILYR Do a naddo, Arglwyddes.

NEST Beth?

MEILYR Deallaf ystyr y geiriau, Arglwyddes, ond nid ysbryd y gorchymyn.

NEST Gwyddost sut mae agor y porth.

MEILYR Gwn, f'Arglwyddes.

NEST Sawl bollt sydd iddo?

MEILYR Tri.

Mae Nest yn meimio agor byllt . . .

NEST Felly, un, dau, a thri . . . Hawdd?

MEILYR Ond beth all ddigwydd wedyn?

NEST Chaiff neb niwed. Neb. Bydd pawb yn berffaith ddiogel. Cer i agor y porth. Dwed wrth Owain ap Cadwgan fy mod yn ildio iddo.

Saif Meilyr yn ei unfan gan syllu arni.

NEST Cer!

Try Meilyr i fynd . . .

NEST Na! Aros eiliad. *(Wrth Hawis)* Ydi'r plant i gyd yn cysgu?

HAWIS Ydyn'.

NEST *(Wrth Meilyr)* Trefna osgordd i fynd â'r meibion 'nôl i Benfro.

Yn sydyn, fe eifl Nest yng nghledd Meilyr.

NEST Fyddi di ddim angen hwn. Mae'r bib yn fwy cartrefol yn dy fysedd bach.

Exit Meilyr. Rhydd Nest y cledd o'r neilltu. Saib.

NEST Sut olwg sy' arna' i? Ydi 'ngwallt i'n iawn?

HAWIS Ydi.

NEST Wyt ti'n siŵr?

HAWIS Ydw.

NEST Rhaid i fi dy longyfarch di.

HAWIS Am beth?

NEST Am fod yn hen genawes! Llwyddo i dwyllo'r Norman. Aeth lwr' ei ben trwy'r geudy dan gredu fy mod i'n ei garu!

HAWIS F'arbed fy nghroen fy hunan, Arglwyddes . . .

NEST Onid dyna hanes pob cenawes?

HAWIS A phob cadno?

Enter Owain.

NEST Croeso 'nôl i Genarth Bychan! *(Wrth Hawis)* Arllwys win i'r gwestai.

HAWIS Onid gwell pe gwnelech chithau hynny? Y mae'r neuadd yn rhy fach i dri.

Exit Howis i'r llofft.

OWAIN Ble mae'r Norman?

NEST Wedi diengyd. Lawr y geudy.

OWAIN Beth? Syniad pwy oedd hynny?

NEST Pwy feddyli?

OWAIN Chreodd 'run cyfarwydd stori well! Mi fydd ei hadrodd yn difyrru cenedlaethau! Gorsedd geudy yn ymwared i de Windsor!

NEST Nid wrth eistedd arni ond wrth roi'i ben mawr trwyddi!

Chwardd y ddau. Mae Owain yn arllwys gwin i lestr ac yn syllu ar Nest.

OWAIN Yn dy sidan . . . fel afallen beren.

NEST Blodeuo'n wyn a wna'r drain duon hefyd.

OWAIN Gwell gennyf fi afalau nag eirin surion.

NEST Mae rhai afalau surion.

OWAIN Be' ydi hyn? Darogan gwae?

NEST Pwy ŵyr?

OWAIN Mae 'yfory' neithiwr yn awr yn 'heno'.

NEST Cudd yw pob yfory.

OWAIN Diolch i'r drefn am hynny. *(Saib)* Mae'n ofid i mi fod y diafol wedi cael dihangfa.

NEST Oni ches i ddihangfa hefyd? Cyn iddo ddychwel bydd fory wedi rhedeg ymhell. Nid hawdd fydd iddo godi byddin drichant.

OWAIN Trichant?

NEST I ymosod ar dy ddeucant di.

OWAIN Prin ddeugain, f'Arglwyddes! Celwydd oedd y deucant!

NEST Fe'm siomaist, Dywysog Powys.

OWAIN Pam?

NEST Am nad ydwyf yn werth deucant.

OWAIN Nest ferch Rhys . . .!

NEST Ŵyr dy dad am hyn?

OWAIN Na. Ŵyr o ddim . . . Nac am hyn.

Mae Owain yn gafael yn ei breichiau ac fe winga hithau.

OWAIN Beth sy'?

Mae Nest yn cuddio'r clais â'i llaw . . .

OWAIN Paid â'i guddio.

Fe gwyd Owain law Nest o'r clais.

NEST Nid yw'r afallen bêr yn berffaith wedi'r cyfan.

OWAIN Y cythraul . . .

NEST Fi oedd ar fai, yn credu neithiwr y gallai fy eiddilwch i eu rhwystro rhag dy roi mewn cell.

Yn sydyn, mae Owain yn cwpanu ei hwyneb.

OWAIN Ni welais wyneb glanach yn fy myw. Na llygaid . . .

NEST Sawl tro y dwedaist hynny, Owain ap Cadwgan?

OWAIN Bob tro y gwelais harddwch merch.

NEST Sawl un a welaist?

OWAIN Deucant?

NEST Sawl un a geraist?

OWAIN Y sawl y mynnwn drefnu gwarchae er ei mwyn, a chipio caer er mwyn ei chael hi.

Sŵn curo ar y drws.

OWAIN I mewn.

Saib. Rhydd Nest gipolygiad ar Owain.

NEST I mewn.

Enter Meilyr, ac fe wêl Nest yn gafael yn llaw Owain. Saib.

NEST Ie?

MEILYR Trefnais osgordd Penfro.

NEST Fe drefnaf innau bod Hawis yn dihuno'r meibion.

OWAIN Pam y brys? Ni ddaw'r de Windsor yn ei ôl tan ganol prynhawn fory. Onid gwell i'r meibion deithio yng ngolau dydd? *(Wrth Meilyr)* Trefna eu bod yn mynd ben bore.

Mae Nest yn amneidio ei chytundeb.

MEILYR Fydd angen rhywbeth arall arnoch?

NEST Ydi milwyr Tywysog Powys yn gysurus?

OWAIN Ydyn'. Pedwar ar ddeg sydd yn y gaer. Mae'r gweddill wrthi'n cadw gwyliadwriaeth yn y dyffryn.

NEST Mae'r cyfan dan reolaeth.

OWAIN Ond mi waherddais iddynt gymryd medd. Daw cyfle i ddathlu 'nôl yng Ngheredigion fory.

NEST A waharddwyd medd i tithau, Meilyr?

OWAIN Do. Ac i weddill y Normaniaid.

NEST Gweddill?

OWAIN Dos, was.

Saib. Yna, mae Nest yn amneidio ei chytundeb. Exit Meilyr.

NEST Gweddill?

OWAIN Y pedwar fydd yn hebrwng y meibion 'nôl i Benfro.

NEST A'r lleill?

OWAIN Rhwng y cŵn a'r brain.

NEST Fe ddaethost 'nôl i ddial.

OWAIN Nid i hynny'n bennaf.

NEST A ellir cymysgu'r ddau? Cariad a dialedd . . .

OWAIN Pan ymleddir rhyfel cyfiawn.

NEST Ac mae lladd pob Norman yn lladd cyfiawn.

OWAIN Tra bydd o'n elyn Cymru.

NEST Petai fy ngŵr heb fynd trwy'r geudy, byddai'n gelain erbyn hyn.

OWAIN Lladdwyd dau gydymaith yma neithiwr.

NEST Fe'th arbedwyd di.

OWAIN Ac i ti mae'r diolch.

NEST A dial yw dy gymeradwyaeth.

OWAIN Pwy oeddet ti'n ei ddisgwyl heno? Pwy oedd y sant yr oedd y santes Nest yn dyheu amdano? Pwy oedd y diniweityn? Oes ganddo wlad i ymgartrefu ynddi? Oes ganddo genedl i berthyn iddi? Oes ganddo gof am dras i'w hanrhydeddu?

NEST Gad dy rethreg.

OWAIN Gad ti dy ragrith. Neu a gefaist dy gyflyrru i gymaint graddau fel nad wyt bellach yn ddim ond ewig i addurno parciau hamdden y Normaniaid? Ac mi wyddost dynged ewig.

Saib. Yna, mae Nest yn gafael yn ei law ac yn ei arwain i'r siambr.

NEST Fan hyn oedd parc hamddena'r Norman neithiwr. Fan hyn yr ildiodd ewig fach i'r lladdfa. Ei thrin a'i thrafod â thrais yr helgi, er mwyn i fwch-a-danas balch ddiengyd. Oedd dy ryddhau i ti'n ddirgelwch?

OWAIN Oedd.

NEST Ac erbyn hyn?

OWAIN Mae'n ddiolchgarwch.

NEST Beth am edifeirwch?

OWAIN Pam?

NEST Am mai cyfaddawd oedd d'ymwared. Cyfaddawd y gwely hwn. Cofia di hynny tra fydd ynot anadl.

OWAIN Un anodd yw dy wers, dywysoges.

NEST Roedd hi'n anos i mi, dywysog. Gorfod esgus ildio iddo. Esgus ysu am foddhau hen chwant ei gnawd. Cymryd yr awenau, a'i arwain at ei wefr. Fi, y Dywysoges Nest a aeth trwy'r geudy neithiwr. Halogi fy nghnawd a'm henaid hefyd. Ei arwain ef at byrth y nefoedd. Fy nhaflu fy hun i bwll uffern. Er mwyn i fwch-a-danas lamu'n rhydd drwy'r bwlch.

OWAIN Wyt ti am warafun hynny i mi? A derbyn fy nghaethiwo o'r tu fewn i'r palis a godwyd gan y Norman?

NEST Dyna fy hanes i ers degawd.

OWAIN Ond mae heno'n ddechrau degawd newydd, a degawdau.

NEST Sut alla' i gredu hynny, â chlwyfau neithiwr arna' i'n crawnu?

OWAIN Rho gyfle i'r hen gyfaill amser wella'r rheiny.

NEST Mae amser yn hen gybydd, a chyfraniad ei gyfleon ef mor brin.

OWAIN Oni chawsom ganddo heno gyfle i roi gwers i'r Norman?

NEST Ond beth ddwg fory yn ei gôl?

OWAIN Nid aeth cyfle heno o'n dwylo eto. A gelwir dy enw di, Helen. Helen Cymru.

NEST Beth yw ystyr 'Helen'?

OWAIN Yr harddaf fu erioed.

NEST Yr un a ladd. Yr un a chwâl longau a dinasoedd . . . a dynionach.

OWAIN Nid un felly fydd fy Helen i.

NEST Ni elli ddethol rhan ohoni. Mae poen ymhob hapusrwydd. Mae'r lleddf ymhlyg â'r llon. Tu cefn i'r wên mae gwg, fel y fagddu'n dilyn dydd, neu drai ar ôl pob llanw. Boed chwerthin neu wylofain, yr un yw blas yr halen yn y dagrau. Os cymeri di dy Helen heno, fe'i cymeri di hi'n gyfan. Y cyfan oll, neu ddim.

OWAIN Ni welaf ddim ond harddwch.

NEST Beth am y clais o dan y sidan?

OWAIN Arwydd o harddwch enaid ydi hwnnw.

NEST Achosodd cipio Helen ryfel erchyll. Beth os digwydd rhyfel tebyg yma?

OWAIN Mae hynny'n rhwym o ddigwydd. Ac onid dyna dy ddymuniad di? Dy ddadl neithiwr oedd y byddai chwyldro'n digwydd pe na chawn f'arbed. Beth oedd d'eiriau? Dod â Gwynedd oll a Phowys dan un faner, i ymladd rhyfel y dialedd eithaf.

NEST Dadlau d'achos dithau wnes i neithiwr.

OWAIN Yr un yw'r achos heno.

NEST Na. Fe'th arbedwyd.

OWAIN A'r ddau gydymaith?

NEST Yr un oedd tynged y Normaniaid gynnau.

OWAIN Estroniaid a gelynion Cymru.

NEST Ond neithiwr, roedd cyfiawnder o'n plaid ni. Fory, bydd o blaid y gelyn.

OWAIN Ac o blaid pwy wyt tithau? Sut all cyfiawnder fod o blaid y Norman? Goresgynnwr a gormeswr gwledydd.

NEST Oni fu'n cyndeidiau droeon yn ymddwyn fel Normaniaid? Roedd rhywrai yma o'n blaen ni, yn y cornelyn hwn o'r ddaear. Onid eu goresgyn wnaethon ni, a difa'u crefydd a'u diwylliant? Pwy ŵyr nad oedd eu gwarineb hwythau'n uwch na'n heiddo ni?

Saib. Mae Owain yn rhythu arni.

NEST Onid oes gwaed ar ddwylo holl genhedloedd byd? Onid yw'r ysfa i oresgyn yn rhan o'n cynhysgaeth ninnau?

OWAIN Nid goresgyn ond amddiffyn.

NEST Gwaethaf celwydd, hanner y gwir, ys dwedodd Mam. Menyw braff . . . *(saib)* Wyt ti'n ei chofio hi'n rhoi cerydd inni ym Mathrafal, a ninnau yno'n deulu'n treulio'r haf? Wyt ti'n cofio'r chwarae'n troi'n chwerw a ninnau bron â llosgi'r berllan? Roedd un afallen wedi'i rhuddo. Wyt ti'n cofio? Byth ers hynny, mae arnaf ofn tân.

Saib. Mae Nest yn mynd ato.

NEST Ar wahân i'r tân y gallaf ei reoli.

OWAIN Yr un y medri ei ddiffoddi?

NEST Na. Yr un y gallaf ei gynnal yn y galon.

OWAIN Rhaid i rywun ei gynnau gynta'.

NEST	Fe wnaethost tithau hynny.
	Mae Owain yn ei chofleidio ac yn ei chusanu. O hyn allan, fe atalnodir eu deialog â chusanau nwydus ac ag anwesu cyrff ei gilydd.
NEST	A beth am dy galon dithau?
OWAIN	Eirias.
NEST	Ond o dan reolaeth?
OWAIN	Wn i ddim.
NEST	Wyt ti'n awgrymu na ddylwn reoli fy nhân innau?
OWAIN	Uno'r ddau, fel bod y fflamau'n cusanu'i gilydd.
NEST	Â thafodau tân.
OWAIN	Hithau, â'i sidan amdani.
NEST	Yn swyno'i thywysog?
OWAIN	Yn ei doddi.
	Tywyllu . . .

ACT 2

GOLYGFA 3

Ymhen rhai munudau. Mae Nest yn gorwedd ar y gwely, ei gwallt a'i gwisg yn anniben, a'i choesau yn y golwg. Ymhen ysbaid, enter Owain o'r geudy, gan gymhennu'i wisg. Saib.

NEST Allai'r Doethion o'r Dwyrain ddim fod wedi dilyn honna.

OWAIN Beth?

NEST Y seren wib. Ond mae gan Dywysog Powys gamel cyflymach. *(Saib)* Glywaist ti?

OWAIN Do.

NEST Ac fe gefaist dy ddigoni.

OWAIN Do.

NEST Diolch Nest ferch Rhys . . . am yr aur a'r thus . . . a'r myrr. Beth yw'n safle i ymhlith y deucant? Mae rhagor rhwng Helen a Helen mewn gogoniant.

Mae Owain yn gwisgo'i wregys ac yn gosod ei ddagr yn ei le.

NEST A oedd rhywrai yn eu sidan? Nid pob merch a gaiff ei threisio yn ei sidan.

OWAIN Pam sôn am drais? Yn dy ddwylo dithau yr oedd yr awenau, o'r cychwyn cyntaf. Ti a'm harweiniodd at y gwely . . .

NEST I fod yn ddim ond llestr i foddhau dy chwant. Onid trais yw hynny?

OWAIN Cuddia dy gorff.

Exit Owain i'r neuadd.

NEST A'm henaid hefyd?

Exit Owain o'r neuadd i'r cwrt a chau'r drws. Fe erys Nest ar ei gorwedd ar y gwely. Ar ôl ysbaid, fe glyw Meilyr yn dod i'r neuadd ac yn cau'r drws. Ar ôl petruso am eiliad, fe ddaw Meilyr at ymyl drws y siambr, ond fe saif cyn gweld Nest.

NEST Meilyr?

MEILYR Ie, Arglwyddes?

NEST Dere mewn.

Enter Meilyr. Saib. Mae Meilyr yn troi ei olygon at y llawr.

NEST Edrych arna' i. Cwyd dy lygaid, Meilyr. Edrych arna' i.

Mae Meilyr yn ufuddhau.

NEST Beth weli di? Testun cân? Un lon, neu leddf? *(Saib)* Cusana fi.

Mae Meilyr, wedi'i barlysu, yn syllu arni'n ei hanwesu'i hun.

NEST Beth sy' Meilyr? Degawd o wasanaeth, ac ni fuost yn anufudd unwaith.

MEILYR Eich gwas wyf i, Arglwyddes.

NEST Onid gwaith y gwas yw ufuddhau? Fel arfer, tasgau digon diflas a gei gan d'Arglwyddes. Cario bwyd a gwin. Cadw'r tân ynghynn. Cymhennu'r tŷ a'r ardd. Serch hynny, cyflawni'r cyfan mewn ufudd-dod llwyr. Ond heno, a hithau'n gofyn i ti am gusan, rwyt ti'n gwrthod. *(Saib)* Wyt ti'n ei chael hi'n anodd bod yn ddim ond gwas i fi?

Saib. Mae Meilyr yn gostwng ei olygon.

NEST Rho ryddid i dy lygaid, fel y gwnei di'n gyson yng Nghaer Rhiw. Fe welaist y wisg sidan droeon . . . Galan Mai a Chalan Gaeaf. Ac fe'i gwisgais ar ddiwrnod dy ben-blwydd. Rown i'n ysu am d'anwesu'r noson honno. Ond fe aeth y gwin â ti i'r gwely! Wyt ti'n cofio? Un o'r cyfleon prin oedd hwnnw, ond fe'i collwyd. Ond ni raid colli hwn.

Mae Nest yn codi o'r gwely ac yn mynd ato, yn ei gusanu ar ei foch cyn gafael mewn llestr gwin a'i estyn iddo.

NEST Fe ddychwelwn fory i Gaer Rhiw. Ti a fi a Hawis ac Angharad. Fe allwn fynd 'run pryd â'r meibion ar eu ffordd i Benfro. Cyn hir, fe fydd y dydd yn dechrau 'mestyn, ac ymhen rhyw ddeufis, fe ddaw'r gwanwyn 'nôl i gerdded gardd Caer Rhiw. Cefnu ar Ddeheubarth oedd fy mreuddwyd. Ond erbyn hyn, dihunais. Mae'r ferch afradlon am fynd adref. Dere. Yf, i ddathlu'i throëdigaeth. *(Saib)* Dere Meilyr! 'Rwyt tithau'n dathlu'r foment hon, fel finnau. Dere!

Fe gwyd Nest ei llestr hithau ac yfed ohono. Mae Meilyr yn cymryd llwnc.

NEST Fy mwriad oedd iti ddychwelyd i Gaer Rhiw ar dy ben dy hun. Mae arni d'angen di i'w chadw'n gymen. Ond bellach, ofnaf y bydd rhaid iti ddioddef cwmni dy Arglwyddes! Wyt ti'n hapus yng Nghaer Rhiw?

MEILYR Ydw.

NEST Pam?

MEILYR Am mai yno mae fy nghartref.

NEST Onid yw e'n garchar hefyd? Byw o ddydd i ddydd dan gaethwasiaeth lem. Fyddi di'n dyheu am fod yn rhydd?

MEILYR I ble'r elen i?

NEST Beth sy'n dy gadw'n gaeth?

MEILYR Amddifadrwydd. Mae bod yn gaeth yn achubiaeth i'r amddifad.

NEST Ond beth am fagu teulu? Fe fyddai bod yn dad yn dileu dy amddifadrwydd. *(Saib)* Beth sy'? Beth sy'n cronni yn dy lygaid, Meilyr?

MEILYR Cenfigen.

NEST Wyddost ti fod hwnnw'n bechod marwol? Cenfigen a ladd ei pherchennog, medden nhw.

MEILYR Fe ladd rhyw bechod bawb ohonom yn y diwedd.

NEST Fe all cenfigen beri lladd. *(Saib)* A! Fe wela' i! 'Doedd ymrafael â'r tywysog neithiwr ddim mor anodd i ti wedi'r cyfan!

MEILYR Nac oedd.

NEST A bore heddiw, 'roedd hi'n anodd agor byllt y gell i'w ollwng, heb sôn am agor byllt y porth i ildio'r gwarchae gynnau.

Saib. Yna, ar ôl gosod ei llestr o'r neilltu, mae Nest yn mynd ato, yn gafael yn ei freichiau ac yn edrych i'w lygaid.

NEST Fe ddychwelwn gyda'n gilydd i Gaer Rhiw. A phwy a ŵyr? Efallai mai honno fydd Caer Droea! Dyna fyddai sgandal! A chreu chwedl well na chwedl Helen!

Fe gymer Nest ei llestr a'i osod o'r neilltu.

NEST Gallwn dy ryddhau. Agor byllt y gell fel na fyddet mwyach yn garcharor. Dileu dy amddifadrwydd di am byth. Creu tad ohonot. Gwn y byddai dy dadolaeth di mor addfwyn ac mor dyner, ac y byddai dy garwriaeth yn dyner wrthyf finnau.

Fe gwyd Nest ei llawes a dangos ei chlais iddo.

MEILYR Pwy . . .?

NEST Y Norman neithiwr, ond wedi ei ddwysáu gan Gymro heno. Yr un yw natur trais pwy bynnag wnelo. *(Saib)* Nawr, cusana fi. Ni chei di byth orchymyn arall. Hwn fydd fy ngorchymyn olaf. A hon fydd moment gyntaf chwedl newydd. Pwy ŵyr? Gallai newid hanes Cymru! *(Saib)* Cusana fi.

Ar ôl eiliad arall o betruso mae ef yn ei chusanu. Mae hi'n ei gofleidio yntau ac yn ei anwesu.

NEST Bu fy llygaid innau yn dy ddilyn dithau. Ond gweld dy gefn yr oeddwn bob tro. Ni allwn fentro dangos fy nheimladau. Cadw'r ffin rhwng gwas a thywysoges oedd y drefn. Dyna wnaethon ni, ein dau, ar hyd y degawd. Ein cloi ein hunain yn ein celloedd, ar wahân. Ond fory, fe dynnwn ninnau'r byllt . . . a herio'r drefn.

Mae Meilyr yn ymwahanu . . .

MEILYR Ond sut, Arglwyddes?

NEST Â cherddi ac â chân! Ac fe gei fy ngalw'n Nest. Dyna oedd dy arfer wrth chwarae gyda'n gilydd yn Ninefwr.

MEILYR Chwarae plant oedd hwnnw.

NEST Oes rhaid i ddyddiau chwarae ddod i ben? Mae'n rhyfedd meddwl mai'r tro diwethaf i ni gydio dwylo oedd wrth ddringo'r rhipyn serth i'r allt tu cefn i'r gaer. Na, a bod yn fanwl gywir, ti oedd yn fy helpu i. *(Yn dynwared llais plentyn)* 'Dere, Nest! Un cam bach arall, ac fe fyddwn wedi cyrraedd!' Wyt ti'n cofio'r llain?

MEILYR Ydw.

NEST Fe ailgymerwn ni'r cam hwnnw fory. Alla' i ddim â'i gymryd heno, am fod gwely Cenarth Bychan yn wely brwnt o drais a chelwydd. Yng Nghaer Rhiw, fe fydd y gwely'n lân. Mor lân â'r llain fach glir o goed yng ngallt Dinefwr, a'r mwswm yn wresog dan ein traed. Wyt ti'n cofio chwarae codi caer? Tithau'n mynnu fy mod yn eistedd yn y cylch bach cerrig fel brenhines ar fy ngorsedd, cyn dechrau gweini arna' i. Esgus cario coed i'r tân, a dod â bwyd i'r ford. Ond un diwrnod, fe flinais i ar hynny. Colli pob diddordeb yn nhasgau mân y gwas. Wyt ti'n cofio beth wnes i wedyn? Gorwedd ar y mwswm, a gofyn i ti ddod i'r gwely ataf, i chwarae bod yn ŵr a gwraig. Gan fod gen i frodyr, roedd cymharu cyrff ein gilydd yn fwy o addysg i ti nag oedd i finnau! *(Saib)* Ydi'r cerrig yno o hyd?

Mae Meilyr yn anesmwytho wrth i Nest ei gofleidio a'i fyseddu . . .

MEILYR Ond . . . chi a'r tywysog . . .

NEST Beth yw'r 'chi'? 'Ti' os gweli'n dda, fel yng ngallt Dinefwr 'slawer dydd.

MEILYR Ond, f'Arglwyddes, ryw awr yn ôl . . .

NEST . . . Owain yn gywely. Neithiwr, fy ngŵr. *(Saib)* Anlladferch. Dyna f'enw, Meilyr. Yn lle 'f'Arglwyddes', dwed 'f'Anlladferch'! *(Saib)* Wyt ti'n fy ngharu, Meilyr? Ydw i'n dy garu dithau? Ond ŵyr anlladferch ddim am 'gariad'. Gŵyr am chwant y cnawd ac am yr ysfa i'w ddigoni. Ond ni'm bodlonwyd i gan undyn. *(Saib)* Dere! Dychmyga ein bod eto'n gorwedd ar y gwely mwswm. Gwnaed y tasgau mân i gyd. Mae'r gaer yn gymen. Gad i'th ddwylo ganu cerdd i'r cnawd sy'n ysu am gymharu. Cei fy nghlywed innau'n canu grwndi wrth wrando ar dy gân. Yfaf bob diferyn gwin ohoni, a sugno nodd ei thynerwch. Derbyniaf ei mwynderau'n drwch . . . Ond bydd yn dyner wrth fy nghlais . . .

Mae Meilyr yn ei chusanu'n nwydus, ac fe rydd hithau ei law ar ei bronnau, cyn cwpanu ei geilliau . . .

NEST Ydyn'! Maen nhw yma!

Enter Owain y neuadd. Mae Nest a Meilyr yn ymwahanu.

OWAIN Forwyn! Tyrd â'r plant! Mae'r ceffylau'n barod!

Enter Owain y siambr. Saib.

NEST Meilyr, mae angen achub tân y neuadd. Oerodd yn sydyn.

OWAIN Yn sydyn iawn.

Mae Owain yn tynnu'i ddagr.

NEST Cer, Meilyr.

OWAIN Mae tân y siambr wedi diffodd hefyd. Tân allor dy anlladrwydd! Ond mae gennyf dân amgenach ar dy gyfer di. Cymer hon i'th hebrwng i dân uffern!

Mae Owain yn plannu'r dagr yng nghorff Meilyr. Mae Meilyr yn syrthio ar y gwely. Fe welir y ddau fab yn rhedeg i lawr y grisiau yn eu dillad nos a siolau am eu gwarrau, a'u dilyn gan Hawis yn cario baban yn ei chôl . . . exit Owain i'r neuadd. Mae Nest yn plygu dros Meilyr.

OWAIN Allan â chi!

Exit y meibion a Hawis a'u dilyn gan Owain . . .

NEST Meilyr? Dere, Meilyr bach. Paid ag ildio nawr.

Fe glywir lleisiau'r bechgyn yn gweiddi yn y cwrt — Papa! . . . Papa!

NEST Dere nôl i'r gwely mwswm!

Yna, fe glyw Nest Angharad, wrth gael ei chario ar draws y cwrt yn llefain ac yn gweiddi — Mam! . . . Mam!

Enter Nest y neuadd fel y daw Owain o'r cwrt a sefyll yn y drws.

NEST Angharad . . .?

Clywir sŵn ceffylau'n carlamu bant.

OWAIN Mae hi ar ei ffordd i Benfro. Ac rwyt tithau'n dod i Bowys, f'Arglwyddes Helen! Cyn i Genarth Bychan fynd yn ulw! A Chymru gyfan fynd ar dân!

NEST Na!

Mae Owain yn codi Nest i'w gôl, ac yn ei chario trwy'r drws. Fe'i clywir hi'n gweiddi 'Na!' *wrth iddi gael ei chario ar draws y cwrt. Ac yna clywir sŵn ceffylau'n carlamu bant. Ymhen ysbaid, fe glywir sŵn tân ac fe welir y gaer yn dechrau llosgi . . .*

Y DIWEDD